TIBURCE,
LE CHAT QUI DÉMASQUA L'ASSASSIN

DU MÊME AUTEUR

Aux éditions du Rocher

Grains de sable, roman
L'Autre Côté de la vie, essai
Le Bel Été de Gros-Mimi et Petit-Lulu, récit
Tiburce, le chat qui parlait comme vous et moi, récit
Ulysse, le chat qui traversa la France, récit

Aux éditions Albin Michel

Julien ou la route à l'envers, récit (prix des Écrivains combattants)
La Marée montante, récit
Un homme à vendre, roman
L'Histoire édifiante et véridique du Chat Moune, récit (prix de la SPA)
Les Nouvelles Aventures du Chat Moune, récit
Le Grand Voyage du Chat Moune et autres histoires, récit
Le Chat Moune exagère, récit
Sacrées vacances, roman (prix Scarron)
Si vous passez par Meillanne, roman
Le Dictionnaire du gaullisme

Aux éditions du Pré-aux-Clercs

Les Marloupins du Roy, roman

Chez Jacques Grancher, Éditeur

Humeurs et humour du Général
Un amour de chats (avec 64 photos couleurs)
Les 400 coups de Gros-Mimi et Petit-Lulu

Aux éditions France-Empire

Paris libéré. Ils étaient là !

Aux éditions Édicat

Les Nouvelles Turpides de Gros-Mimi et Petit-Lulu

PHILIPPE RAGUENEAU

TIBURCE, LE CHAT QUI DÉMASQUA L'ASSASSIN

ÉDITIONS DU ROCHER
Jean-Paul Bertrand

ISBN 2 268 04209

Ce livre est dédié à Élisabeth Audemard d'Alançon,
ma collaboratrice.
Avec toute ma gratitude.

I

Dimanche, 17 heures

Sébastien fit trois pas en arrière pour juger le travail :

– Non, ça ne va pas, ça... Trop sombre, ce ciel ! Ou alors mes lavandes sont trop lumineuses...

Depuis huit jours, il peinait sur cette toile. Un pari. Évoquer de mémoire, et avec le seul secours d'une carte postale en couleurs, l'abbaye de Sénanque et son champ de lavandes, un pari. Et pourtant il fallait en venir à bout. Il avait promis douze toiles à Silverstein et la date du vernissage approchait.

– Ne me mettez pas que du Paris, avait recommandé le marchand. Je voudrais quelques belles tâches de lumière sur mes cimaises, des paysages de Provence, par exemple, comme vous savez les traiter, vous voyez ce que je veux dire ?...

Il ne manquait que cette toile-ci pour faire le compte. Les autres, Sébastien les avait peintes l'été dernier, entre Oppède-le-Vieux et Lourmarin.

Il posa son pinceau, soupira et s'essuya les mains à un chiffon.

Le chat Tiburce, assis sur sa queue, semblait apprécier, lui :

– Moi je trouve ça bien.

Ici, une petite parenthèse s'impose. Si l'on n'a pas lu *Tiburce, le chat qui parlait comme vous et moi*, on s'étonnera sans doute d'entendre un chat formuler une opinion aussi tranchée. D'aucuns seront même tentés de penser que si ce sérieux ouvrage débute par une faribole, la suite a de bonnes chances d'être n'importe quoi. Alors, si vous le voulez bien, mettons les choses au point tout de suite.

Tous les chats parlent. Plus ou moins distinctement, mais ils parlent. Certains, peu et rarement, d'autres d'abondance. Mais les greffiers ne mettent en vitrine les richesses de leur vocabulaire qu'au bénéfice de ceux qui font un petit effort pour les comprendre. Les autres devront se contenter d'un « miaou » passe-partout, et salut Berthe. Il faut savoir en effet – et cela a été scientifiquement prouvé – qu'un chat dispose d'une gamme de soixante-neuf sons différents dont chacun exprime un sentiment, une émotion, une requête, un refus ou une sensation spécifique. Il convient ensuite d'y ajouter les mouvements de la queue, des oreilles et des vibrisses qui ont tous une signification précise et sont très éloquents pour qui sait les interpréter. Tout cela, enfin, est complété par les expressions du regard et une gestuelle aussi complexe que précise. Cela constitue, on en conviendra, au titre de la communication « chat-bipède », une jolie panoplie de truchements.

Pendant des mois, Sébastien avait écouté, annoté et répertorié les vocalises que lui adressait Tiburce dont tout le monde s'accordait à dire qu'il était aussi bavard qu'une pipelette espagnole. De même Sébastien avait-il réussi à donner un sens aux mimiques et aux signaux corporels de son compagnon. À l'inverse, Tiburce, comme beaucoup de chiens et de chats, comprenait les mots simples des bipèdes. Mais comme il était particulièrement doué et que les deux compères dialoguaient sans arrêt, il avait été nettement plus loin que la moyenne des raminagrobis en assimilant des subtilités de langage qui échapperaient à bien des gens. Si bien qu'au terme de ces patients exercices et d'une longue pratique, l'un et l'autre se trouvaient disposer de dictionnaires personnels : « chat-français » ou « français-chat », lesquels comportaient le plus clair de ce que l'on est amené à se dire dans un quotidien banal et sans prétentions philosophiques. Pour être tout à fait franc, précisons qu'avec Tiburce, Sébastien n'en était plus aux prémices d'une initiation à la pratique d'une langue étrangère. La maison familiale, à Manosque, regorgeait en effet de chiens et de chats et les greffiers de son enfance s'étaient très tôt chargés de son éducation. Il avait pu ainsi observer que deux chats n'expriment pas exactement de la même manière une petite phrase telle que « je voudrais sortir » ou « cette bouffe est immangeable » : de fines nuances dans le jeu des cordes vocales les distinguent l'un de l'autre. De même un bipède, né natif de Marseille, pimentera de son accent chantant ce qu'un chtimi de Roubaix exprimerait d'une voix de gorge.

Cela étant posé, si des sceptiques s'obstinent à douter, je leur conseille de refermer ce livre sans plus tarder et de l'offrir à leur voisin de palier qui lui, peut-être, ne s'encombre pas le cerveau d'idées toutes faites. Avec ceux qui restent, je vais pouvoir reprendre tranquillement le fil de ce récit.

Or donc le chat Tiburce ayant signifié que, lui, « trouvait ça bien », Sébastien lui répondit :

– Tu es bien indulgent, aujourd'hui.

Puis il consulta sa montre :

– Cinq heures seulement, et je n'ai presque plus de lumière !

C'est ça l'hiver. Les journées sont avares, le soleil flemmard, et la grande verrière de son troisième étage ne dispensait plus qu'une lueur glauque qui sentait déjà la nuit.

Soudain, Tiburce sauta sur ses pattes et courut vers la porte. Entendait-il quelque chose ? Écoutait-il quelqu'un ?... Pas un bruit, pourtant, n'habitait le petit immeuble, non plus que la paisible rue Villehardouin où le trafic est quasiment nul en raison du fait qu'on y tourne en rond puisqu'elle débouche, rue de Turenne, à trente mètres de là où elle a commencé.

Tiburce s'en revenait vers Sébastien :

– Je veux sortir ! Ouvre-moi la porte, s'il te plaît !

– Non, Tiburce. Il pleut et tu n'as rien à faire dans la rue par un temps pareil, sinon choper un bon rhume.

Mais le chat insistait, griffait le bas de son pantalon, gémissait :

– Laisse-moi sortir, c'est urgent !

– Si c'est urgent, tu as ton bac à litière, il est fait pour ça.

– Décidément, il ne comprend rien, aujourd'hui, grogna Tiburce.

– Écoute, le chat, je t'adore, mais tu m'embêtes. D'ailleurs je travaille, tu peux le voir.

Et il reprit ses pinceaux.

Vers 19 heures, une clé tourna dans la serrure de la porte palière. Mireille était de retour au logis. Elle embrassa Sébastien, elle embrassa Tiburce, elle secoua son parapluie et dit :

– Quel temps pourri !

– Il est de saison, ma chérie. Comment va Fabienne ?

– En net progrès. Elle a meilleur moral depuis qu'on l'a installée dans une chambre individuelle. Déjà que les hôpitaux, ce n'est pas très gai… Elle était ravie que je lui apporte un peu de lecture.

– Je lui passerai un coup de fil demain. Tu n'as pas oublié que nous dînions avec l'oncle Marcel ?

– Non, bien sûr. Je me change et je suis à toi.

Marcel Winter, l'oncle en question, occupait le rez-de-chaussée de l'immeuble, lequel, du reste, lui appartenait de la cave au grenier. Il était également propriétaire d'un hebdomadaire à grand tirage, *Notre Temps*, et d'un joli paquet de millions, hérités de papa, et placés dans la pierre sous forme d'actions majoritaires d'une Régie. La promotion immobilière nourrit son homme ou le ruine, c'est bien connu. Dans le cas de Romuald Winter, la face aimable de l'alternative récompenserait le talent, le flair et la prudence. Par voie de conséquence, le jeune Marcel ignorerait jusqu'à la fin de ses jours l'angoisse des fins de mois difficiles. Romuald avait, contre toute évidence, espéré qu'il lui succéderait. Mais Marcel ne manifestait aucune disposition pour la gestion immobilière à laquelle papa avait tenté de l'initier sans succès. Résigné, Romuald Winter jetait l'éponge et, avant de prendre à quatre-vingt-cinq ans une retraite amplement méritée, il dotait sa société d'une équipe directionnelle en béton. Rassuré désormais sur le sort et la rentabilité de ses trente-neuf immeubles parisiens, il n'assignait au fiston que deux obligations somme toute assez légères : présider une fois par mois un conseil de direction de façon à faire au moins semblant de s'intéresser à l'entreprise et, une fois par an, l'assemblée générale statutaire. Le reste du temps, et cela en faisait beaucoup, il mènerait sa vie comme bon lui semblerait.

En fait, Marcel Winter avait raté sa vocation. Préfet de police ou shérif dans le Texas lui serait allé comme un gant. Nourri dès son plus jeune âge de contes fantastiques, de romans policiers et de mystères à couper le souffle, il cultivait une vraie passion pour les énigmes irrésolues, les démêlés de la pègre et de la maréchaussée, les crimes impunis, les dessous malodorants de la politique, en un mot, le combat éternel et jamais gagné du bien contre le mal. Quand Romuald s'éteignit à l'âge canonique de quatre-vingt-treize ans, Marcel se fit plaisir en créant un périodique spécialisé dans les grandes enquêtes sociologiques et criminelles, des enquêtes qu'il initiait le plus souvent lui-même et menait parfois de bout en bout. Peu porté, nous l'avons dit, sur la gestion administrative et financière, il prit soin, comme son père l'avait fait pour la

Régie immobilière, de s'entourer d'un directeur général hautement compétent et d'un administrateur issu de HEC. Ils le libéraient de tout souci matériel et on ne le voyait guère à *Notre Temps* que pour lancer ses reporters sur des pistes, prendre connaissance des interviews qu'ils avaient recueillies ou échafauder un plan de bataille. Il avait donc tout loisir de fouiner dans les archives les plus secrètes de la police, ou dans les recoins les plus sombres de la nature humaine. Marcel Winter venait d'entrer dans sa soixantième année, mais on lui en donnait dix de moins.

Pour compléter le tableau, ajoutons qu'il égayait périodiquement sa solitude grâce à la complicité d'une belle dame qui frisait la cinquantaine alerte et qui répondait, quand elle le voulait bien, au doux nom de Cécile. Veuve à trente ans et longtemps inconsolable, Cécile, lasse de ruminer souvenirs et nostalgies, en viendrait assez vite à tenir pour séduisante la perspective d'un agréable compagnonnage avec un homme encore vert et plein aux as. Quant au célibataire endurci qu'était Marcel, il découvrirait de son côté qu'une paisible amitié amoureuse comporte plus d'attraits que des passades d'un soir ou d'un mois. Mais comme on ne se défait pas facilement des habitudes fortement ancrées, ni des libertés qui escortent et compensent la solitude, ils campaient à un étage de distance. L'une descendait au rez-de-chaussée ou l'autre montait au premier étage quand, d'un commun accord, un besoin de chaleur les visitait. Cette sage disposition leur épargnait à tous deux les irritantes et inévitables frictions de la cohabitation.

– Je suis prête, annonça Mireille.

– Eh bien on y va ! On ne prend qu'un verre chez lui. Ensuite il nous emmène au restaurant, car c'est le jour de congé d'Émilienne. Ça te va ?

– Ça me va.

– Dis-moi, monsieur le chat, puisque tu as tellement envie de bouger, viens dire bonjour à l'oncle Marcel, il t'aime beaucoup. Je te remonterai après ou tu iras dans la rue, s'il ne pleut plus.

– Il est bien temps ! grogna Tiburce qui n'avait pas encore évacué sa mauvaise humeur et pour qui « après l'heure, c'est plus l'heure ».

– Tu viens ou tu ne viens pas ?

– Je vous suis, bien sûr.

Le trio s'engouffra dans l'escalier.

Planté depuis un bon moment devant la porte de l'oncle Marcel, Sébastien s'impatientait :

– Il devient sourd ou quoi ? Voilà trois fois que je sonne !

– Insiste…

– Je ne fais que ça !

– Il est peut-être sorti ? suggéra Mireille.

– Sans nous attendre ? Impensable !… D'ailleurs, il ne sort jamais le dimanche.

– Alors il est chez Cécile.

– Allons voir.

À l'étage au-dessus, chez Cécile, on ne répondait pas non plus.

– Où est passé Tiburce ? s'inquiéta Sébastien.

– Il est resté au rez-de-chaussée, je crois.

– Ça c'est curieux. Tiburce ne fait rien sans de bonnes raisons. Redescendons.

Tiburce usait ses griffes sur la porte de Marcel Winter et gémissait :

– Il faut ouvrir !

– Il a raison, dit Sébastien, ça commence à m'inquiéter moi aussi. Je remonte pour téléphoner à un serrurier.

Une fois chez lui, Sébastien plongea du nez dans les pages jaunes de l'annuaire téléphonique. La rubrique « serrurerie » lui donna le vertige… Trente-sept pages d'annonces et d'adresses ! À croire que la moitié des Parisiens passaient leur temps à paumer leurs précieuses clés et se morfondaient devant porte close ! La sagesse commandait bien sûr d'alerter un artisan de l'arrondissement qui ne mettrait pas trois heures à se pointer. Mais, dans le troisième, on en comptait encore vingt-cinq ! Lequel choisir ?… Il en dénicha un, rue de Turenne, qui n'aurait que trois cents mètres à faire pour se trouver à pied d'œuvre. Contact pris, le sauveteur notait l'adresse. « Dans un quart d'heure, je suis chez vous. »

Le vieux bonhomme qui se présenta avait sûrement connu les diligences et la lampe à pétrole. Il salua son monde, laissa tomber lourdement sa petite trousse à outils, soupira et se massa longuement la nuque avec un mouchoir à carreaux.

– Voyons voir…

Il plaqua un œil sur le trou de chaque serrure, ausculta la porte d'un index recourbé, se redressa difficilement et annonça une évidence :

– Elle est blindée, c'te porte ! Et une serrure de sécurité comme celle-là, c'est pas de la tarte ! Ça va faire de gros dégâts ! Vous êtes sûr que…

– Moi, dit Sébastien, je ne suis sûr de rien. C'est le chat qui a dit d'ouvrir.

Le vieux bonhomme jeta sur Tiburce un regard lourd d'incompréhension où l'incrédulité le disputait à la méfiance, hocha la tête et retourna à son examen :

– C'est quoi, la marque ? Fichet ? Picard ? Kezo ? Bricard ? Pollux ?

– Je n'en ai pas la moindre idée, confessa Sébastien. C'est l'appartement de mon oncle, pas le mien. Comme je vous l'ai dit au téléphone, nous savons qu'il est chez lui mais il ne répond pas. Il a dû avoir un malaise… Vous n'avez pas un passe pour chaque marque ?

– Eh non, monsieur, où serait la sécurité des clients ? Les serrures comme celle-là ont chacune leur clé qui n'est pas celle du voisin... Je vois une cornière, là...

– Qu'est-ce que s'est ?

– Une cornière, c'est une lame d'acier en V qui descend tout le long de la porte. C'est pour empêcher qu'un monte-en-l'air glisse un pied-de-biche entre le chambranle et le cadre. Savez-vous au moins si les verrous sont tirés ?

– Pas davantage, avoua Sébastien.

L'artisan ironisait :

– Mais peut-être que votre chat le sait, lui ?

Tiburce surveillait les opérations d'un œil méfiant. Au lieu de répondre : « Tu sais ce qu'il te dit, le chat ? » comme il en avait très envie, il choisit d'ignorer l'impertinence. Noblement.

– Bon, conclut le serrurier, va falloir y aller au chalumeau ! Je vais le chercher et je reviens.

Alors qu'il s'éloignait, Sébastien glissa dans l'oreille de Mireille :

– Il aurait pu venir avec...

– Que veux-tu, il aime marcher.

Trente minutes plus tard, le vieux bonhomme était de retour, plus fatigué encore qu'à l'aller :

– Où c'est qu'il y a une prise ?

– Sur le tableau électrique, dans le hall. Vous avez de la chance, il n'est pas loin.

L'artisan brancha son chalumeau et attaqua l'un après l'autre les canons des serrures. Et la porte céda enfin.

Tiburce fonça le premier dans l'appartement.

Le grand salon était vide. Vides aussi le boudoir, le vestibule, la cuisine... On passa au bureau.

Pour un chantier, c'était un beau chantier ! Une chaise renversée, une lampe à terre, les tiroirs grands ouverts, des classeurs éparpillés sur le tapis, des papiers partout et, derrière le bureau, allongé de tout son long, Marcel Winter, une balle dans la tête...

II

Dimanche, 21 h 15

Le commissaire divisionnaire Bertin examinait un par un les objets qu'il avait trouvés dans les poches de Marcel Winter. Il les énumérait à voix haute et les posait au fur et à mesure sur le bureau derrière lequel il s'était assis :

– Un stylo Waterman, un briquet Dunhill, un mouchoir, un agenda de poche, une lime à ongle métallique, un porte-mines, un portefeuille (il le fouilla), deux billets de cent euros et un billet de vingt…

– On peut donc dire, conclut Sébastien, que le vol n'est pas le mobile du crime.

Le commissaire Bertin ne partageait pas cet avis :

– Non, on ne peut pas le dire. Il arrive que les petits malins oublient volontairement quelques coupures pour, justement, le donner à penser… À propos, si des objets de valeur avaient disparu de l'appartement de votre oncle, seriez-vous en mesure de vous en apercevoir, monsieur Chaprisot ? Vous veniez le voir souvent, je crois ?

– Je ne sais pas… Peut-être. On peut toujours regarder. Mon oncle aimait les beaux objets, mais je ne les ai pas tous en mémoire, tant s'en faut, et je ne les connaissais pas tous non plus.

Sébastien fit lentement le tour de la pièce. Il s'immobilisa devant un guéridon Louis XV :

– Il me semble qu'il y avait là une statuette représentant une danseuse. Gracieuse, aérienne… Un bronze de valeur, je crois. Mais il l'a peut-être déplacé ?

– Et dans le salon ?

– Je vais aller voir.

Quand il revint, il affichait une moue dubitative :

– Difficile d'être affirmatif, il changeait souvent les choses de place. Il prétendait que lorsqu'elles sont toujours au même endroit, on finit par ne plus les voir… Je n'ai pas trouvé, en tout cas, deux très beaux vases signés Gallé, non plus qu'une grande coupe en argent massif qu'il avait achetée chez Drouot.

– Bon, trancha Bertin, on fera plus tard un inventaire serré, et vous nous serez bien utile. Comme vous le dites, ces objets peuvent très bien être ailleurs (il leva la tête), je crois qu'on a sonné, non ?

Sébastien s'en fut ouvrir. C'était le médecin légiste. Son apparence s'accordait à sa fonction. Grand et sec, avec un visage en lame de couteau, il était habillé de noir des pieds à la tête comme s'il traînait, du fait de son métier, un deuil permanent. Il salua à la ronde avec une gravité de circonstance, posa sa trousse sur une table et s'agenouilla près du corps qu'on n'avait pas déplacé mais simplement recouvert d'un drap blanc. Son examen prit peu de temps :

– Avec une balle entre les deux yeux et à bout portant, la mort a été instantanée. Je la situe aux alentours de 17 heures.

– 17 heures ! s'exclama Sébastien avant de se tourner vers Mireille : C'est exactement à 17 heures que Tiburce a commencé à s'agiter, je venais de regarder ma montre. Il voulait que je lui ouvre la porte, que je le sorte… Je n'ai pas compris. Ce qu'il demandait, en réalité, c'est que je descende avec lui. Il avait senti que mon oncle courait un danger.

– Qui est Tiburce ? s'enquit le commissaire.

– C'est notre chat, que vous voyez là. Il est extraordinaire.

– Et même extralucide, ajouta le médecin légiste. Mais rien ne m'étonne de la part d'un chat. J'en ai deux, et si je vous racontais ce qu'ils m'inventent tous les jours !…

Bertin revenait à son enquête :

– Le désordre que vous constatez autour de nous pourrait indiquer qu'il y a eu lutte. Mais je serais plutôt tenté de pencher pour une mise en scène. Avez-vous remarqué des traces quelconques sur le visage ou le corps de M. Winter ?

– Non, pas la moindre. Tout au contraire, il devait très bien connaître son agresseur car il était revenu s'asseoir à son bureau après avoir ouvert la porte. Ou peut-être même y était-il resté ? Il est tombé en arrière comme une masse, dès qu'il a été touché, en renversant son fauteuil sous lui.

– Le dimanche, il donne congé à sa soubrette, dit Mireille. C'est donc lui qui a ouvert.

Bertin, une fois de plus, se montrait moins affirmatif :

– Pas nécessairement. L'assassin avait peut-être une clé de l'appartement, ou même un passe. Dans la journée, la plupart des gens débloquent les verrous de sûreté. En tout cas, c'est quand même un indice. Son agenda va nous dire s'il attendait quelqu'un cet après-midi.

Il prit l'agenda et le compulsa attentivement :

– Non, je ne vois rien à la date d'aujourd'hui. Il s'agit donc d'un familier ou d'une visite inopinée. Cela restreint un peu le champ des recherches.

Il se tourna vers Sébastien :

– Pour la bonne règle, monsieur Chaprisot, je suis obligé de vous demander où vous étiez à 17 heures, et à vous aussi, madame.

Sébastien répondit le premier :

– Chez moi, là-haut, au troisième. Je finissais une toile que je dois livrer à la galerie Silverstein au plus tard après-demain. Mon seul témoin est Tiburce, j'en ai peur… Suis-je le premier suspect ?

Bertin esquissa un sourire :

– Nous n'en sommes pas encore là, monsieur Chaprisot, nous aurons bien d'autres hypothèses à examiner !… Et vous, madame ?

– Je visitais une amie qui est hospitalisée. Je suis rentrée à 7 heures.

– A priori, je n'ai aucune raison d'en douter. Qui habite l'immeuble, en dehors de vous-mêmes et de Mme Cordier ?

– Personne d'autre en ce moment. Le deuxième est inoccupé depuis un mois et toujours à louer.

Mireille se tourna vers le médecin légiste :

– Et si on s'asseyait ?

Il acquiesça et les Chaprisot l'imitèrent. Seul le brigadier, qui avait accompagné Bertin, continuait à chercher d'éventuelles empreintes. Bertin tira de sa poche un paquet de Benson :

– M'autorisez-vous à fumer, madame ?

– Bien sûr.

Il alluma une cigarette, tira une longue bouffée et, s'adressant au toubib :

– Je connaissais bien Marcel Winter. Il portait un intérêt passionné aux mystères, aux énigmes, aux crimes et délits inexpliqués, aux malversations ignorées de la justice… Un esprit curieux. Je l'ai souvent aidé dans ses enquêtes, notamment la dernière, sur la prostitution enfantine, assez peu répandue en France, heureusement, mais très active et lucrative aux Philippines, en Thaïlande, en Indonésie, dans les pays, en somme, où la pauvreté, pour ne pas dire la misère, conduit les parents à démissionner. Je l'avais mis en relation avec le chef de la police de Manille que j'avais rencontré à Paris, à l'occasion d'un congrès, et il avait fait un saut là-bas, accompagné d'un journaliste et d'un photographe. Il avait pu ainsi mettre à jour les principales filières du tourisme sexuel. Il en était notamment résulté un ajout au code pénal qui permet à la justice française de poursuivre un ressortissant convaincu de pédophilie hors de nos frontières… Winter était l'honnêteté personnifiée, un brin moralisateur sur les bords. Il allait au fond des choses, vérifiait le moindre détail avant de le publier et n'avançait rien qui ne fût avéré. Il lui arrivait fréquemment de me consulter, de me soumettre ce qu'il avait noté ou ce qu'un journaliste lui avait rapporté afin de s'assurer qu'aucune erreur ne s'y était glissée… C'était devenu un ami et sa mort me bouleverse.

Il se tut un long moment, visiblement ému. Puis il reprit l'agenda de Winter qu'il avait posé sur le bureau et le feuilleta de nouveau. Le commissaire Bertin, tout comme Winter, ne négligeait aucun détail, aucun indice, aucune piste :

– Je vois là qu'il avait rendez-vous après-demain mardi avec un certain Gagnère. Ça me dit quelque chose...

– C'est son notaire, expliqua Sébastien. En fait, il est le notaire de tout le monde. Comme il est très sérieux et très compétent et que mon oncle le connaissait depuis des années, il est accrédité pour s'occuper des affaires de sa compétence, aussi bien à *Notre Temps* qu'à la Régie immobilière. Les fondés de pouvoir de mon oncle lui font même confiance, à titre personnel. Contrats de mariage, testaments, acquisitions ou gestion de fonds, il s'occupe de tout. Il est un peu de la famille, en somme.

Bertin réfléchissait :

– Ça ne mène probablement nulle part, mais je vais quand même aller le voir... À propos, comment se fait-il que Mme Cordier ne soit pas là ? Personne ne l'a prévenue ?

– Elle n'était pas chez elle vers 20 heures, ce soir, quand nous sommes descendus pour rejoindre mon oncle.

– Comment le savez-vous ?

– Parce qu'elle n'a pas répondu à notre coup de sonnette, pardi !

– Cela ne prouve pas qu'elle n'était pas chez elle... Je vais aller voir si elle est rentrée.

Il se leva, sortit de l'appartement et monta à l'étage. Cécile ouvrit sa porte au premier appel. Elle connaissait bien Bertin qu'elle avait plus d'une fois rencontré chez Marcel et sa visite, à cette heure avancée de la nuit, ne parut pas la surprendre. Les deux hommes, parfois, prolongeaient tard échanges de vues et palabres. Mais, d'évidence, elle ne soupçonnait pas le drame qui venait de se jouer un étage plus bas.

Bertin le lui apprit avec beaucoup de tact. Bien entendu elle voulait immédiatement descendre, elle voulait le voir... Bertin l'en dissuada doucement mais fermement. Le spectacle ajouterait l'horreur au chagrin. Demain, oui... Il se retira, la laissant assommée, prostrée. Les larmes viendraient plus tard, le choc encaissé.

De retour au rez-de-chaussée, Bertin informa Mireille et Sébastien :

– Elle venait de rentrer... Elle dînait chez une amie.

Le médecin légiste et le brigadier s'en étaient allés mais, avant cela, ils avaient porté le corps de Winter jusqu'à son lit et lui avaient lavé le visage.

Sébastien quitta brusquement son siège :

– Je sais où mon oncle range les boissons fortes. C'est certainement inapproprié, compte tenu des circonstances, mais moi j'ai un furieux besoin d'un whisky bien tassé. Et vous, commissaire ?

– Bien volontiers ! Je suis pourtant blindé, mais cette affreuse histoire !…

Mireille et Sébastien se dirigèrent vers la cuisine. Pendant que Mireille cherchait, dans le réfrigérateur, des glaçons et du Perrier, Sébastien mit la main sur une bouteille de Chivas et trois verres. De retour dans le bureau, il y versa des rations pour adultes.

Bertin but une longue gorgée et se tourna vers le couple :

– Je n'ai jamais osé demander à Marcel pourquoi Cécile et lui vivaient séparés, ni même s'ils étaient mariés. L'appartement est grand, il y a deux chambres…

Ce fut Mireille qui répondit :

– Ils capitalisaient l'un et l'autre de vieilles habitudes de célibataires, c'est aussi simple que ça. Cécile avait vécu vingt ans seule après la mort de son mari et Oncle Marcel ne s'était jamais marié. À la longue, chacun développe des petites manies auxquelles on tient, une certaine façon de vivre, la liberté de décider de tout sans avoir de comptes à rendre… Mais, en dépit de ces accommodements, ça n'allait plus très bien entre eux. Cécile me l'avait confié, un soir.

– Une dispute ?

– Non… Ou peut-être oui, après tout, je ne vivais pas avec eux. Mais cela venait de plus loin, je crois. Marcel la négligeait depuis quelque temps. Il ne la sortait plus, ni au restaurant, ni au spectacle, ou alors de loin en loin… Il venait d'annuler une croisière en Méditerranée dont elle se faisait une fête, il s'absentait souvent le soir et rentrait très tard, sans jamais dire où il allait ni ce qu'il faisait…

– Elle soupçonnait une infidélité ?

– Je ne crois pas… En tout cas, elle ne me l'a pas dit. Ce qu'elle déplorait, plutôt, était une subite dégradation d'une relation jusque-là agréable et confiante. Ajoutez à cela le caractère un peu… difficile d'Oncle Marcel.

– Il était soupe au lait, j'en conviens, mais ça ne durait pas.

Bertin se levait :

– Bon, il se fait tard et vous devez être fatigués. Moi aussi. Merci à vous deux, en tout cas. Si quelque chose vous revenait en mémoire, un détail, un souvenir, une observation, une anomalie, téléphonez-moi sans tarder. Voici ma carte avec mon numéro de téléphone personnel. Après l'autopsie, toujours d'usage dans le cas d'un meurtre, je vous adresserai le permis d'inhumer. Bonsoir.

Après son départ, et sans se concerter, Sébastien et Mireille se rendirent dans la chambre où reposait le corps de Marcel Winter et, debout au pied du lit, main dans la main, ils s'immobilisèrent, très émus l'un et l'autre.

Tiburce les y avait depuis longtemps précédés. Il rôdait dans la pièce, flairait le pied des meubles, furetait de droite et de gauche, puis levait le nez pour observer on ne savait quoi. Son manège intriguait Sébastien :

– Qu'est-ce que tu cherches, le chat ?

– Je crois, dit Mireille, qu'il sait que cette pièce est importante. Il s'y est peut-être passé quelque chose, mais quoi ?... Ou elle recèle un indice, mais lequel ?... Tiburce, que cherches-tu ?

– Rien, rien... Ne vous occupez pas de moi.

– Je vais monter voir si Cécile est couchée, dit Mireille. Si elle ne l'est pas, je resterai un petit moment avec elle. J'ai pris les clés de Marcel. Je te rejoindrai chez nous.

Elle trouva Cécile dans la cuisine, tout habillée. Elle était assise devant la table, où, le matin, elle prenait le petit déjeuner et, immobile, elle contemplait le vide... Mireille posa sur ses épaules deux mains douces :

– Cécile, il faut vous coucher. C'est terrible, je sais, mais nous ne pouvons plus rien faire.

Cécile posa sa main droite sur celle de Mireille, sans tourner la tête. Elle poursuivait un monologue intérieur :

– C'est vrai qu'il avait changé, mais on s'aimait toujours, à notre manière un peu lointaine... Qui a bien pu faire ça ?...

Elle sentit soudain contre sa jambe une caresse soyeuse qui allait et venait et elle abaissa son regard :

– Ah tu es là, toi ! Que tu es gentil ! Tu comprends tout…

C'était Tiburce, qui avait suivi Mireille. Et elle caressa longuement le chat…

– Vous devriez prendre un somnifère léger pour dormir, suggéra Mireille. Avez-vous ce qu'il faut ? Voulez-vous que j'aille voir si j'ai une boîte dans ma pharmacie ?

– Non, ma petite Mireille, ne vous dérangez pas, ça va aller… Est-ce que je l'ai déçu ?… Ou ai-je fait quelque chose qui lui a déplu ?

– Ah non, Cécile, ne commencez pas à vous culpabiliser ! Il ne s'est pas suicidé, voyons !… Venez vous coucher.

Cécile se leva comme un zombie et Mireille la conduisit jusqu'à sa chambre.

– Appelez-moi à n'importe quelle heure si ça ne va pas. Viens, Tiburce, on rentre à la maison.

Et, discrètement, elle déposa sur la table de nuit le trousseau de clés que détenait Marcel Winter.

Sébastien non plus n'était pas couché.

– J'ai remis un peu d'ordre dans le bureau de mon oncle. Enfin, le plus gros… Émilienne n'était pas rentrée.

– Non, elle passe le dimanche chez sa sœur, à Nogent-sur-Marne, et elle y dort aussi.

– Elle va avoir un choc !… Demain, il va falloir qu'on s'occupe des démarches et des formalités : déclaration de décès à la mairie, pompes funèbres, faire-part, annonces dans les journaux… Cécile ne sera sûrement pas en état de le faire. J'irai aussi à la Régie immobilière et à *Notre Temps*. On ne va pas chômer.

– Pour l'instant, nous devrions aller dormir.

Elle fit quelques pas vers la fenêtre et, pendant un long moment, elle regarda la pluie tomber pour qu'il ne voie pas qu'elle pleurait.

Il s'en aperçut, alla vers elle et, de son bras, lui entoura les épaules :

– J'ai autant de chagrin que toi, tu sais… Quel homme étonnant !… Et si gentil sous ses dehors bourrus… Ça va nous faire un sacré vide !

Après un long silence, il ajouta :

– Il ne faudrait pas que le fumier qui a fait ça me tombe entre les pattes !… Viens te coucher, ma chérie, il se fait tard…

III

Lundi, 9 h 30

Mireille avait pris un jour de congé pour se charger des démarches et formalités post-mortem. Libéré de ce souci, Sébastien put se rendre, en début de matinée, au siège de la Régie immobilière, avenue George-V. Il se fit annoncer chez le directeur général, Albert Bricout, et fut aussitôt reçu.

Par un coup de fil du commissaire divisionnaire Bertin, Albert Bricout, depuis 9 heures, était au courant des événements. Il accusait le choc et la disparition brutale de son vieil ami le plongeait dans la stupeur tout autant qu'elle le peinait profondément. Mais, en gestionnaire avisé qu'il était, il en mesurait aussi les conséquences. À qui irait le paquet d'actions majoritaires que détenait Marcel Winter ?...

La réponse ne serait pas neutre. Que d'affaires avaient plongé parce qu'un héritier ou un repreneur, à la fois incompétent et prétentieux, en chamboulait inconsidérément les équilibres ! La Régie immobilière surfait sur la crête des vagues en ce que ses activités, toutes axées sur le marché de la pierre, subissaient à tout moment les caprices de l'offre et de la demande. Son champ d'action couvrait tous les aspects de la spécialité : gestion des immeubles du patrimoine, bien sûr, à la manière d'un syndic, mais également centrale d'achats et de ventes, construction et promotion de logements et de bureaux, édition et diffusion de catalogues, rien qui ne fût sensible aux incessantes variations des coûts, aux imprévisibles et fréquents mouvements sociaux, au niveau des pouvoirs d'achat, et même aux coups de boutoir de la bourse. Un mauvais choix d'implantation pouvait fragiliser tout l'édifice. Une erreur dans un calcul de rentabilité plombait un compte d'exploitation. Un excès d'optimisme ruinait un budget prévisionnel, tout comme un excès de pessimisme ouvrait un boulevard aux projets de la concurrence… Le Crédit lyonnais avait payé fort cher une succession d'appréciations erronées.

C'est ce que Bricout exposait à Sébastien, assis en face de lui :

– Nous sommes convoqués demain chez maître Gagnère pour l'ouverture du testament, et je vous confesse que je n'ai plus un poil de sec, si vous me permettez cette trivialité. Marcel Winter vous a-t-il ou non donné à entendre que vous pourriez être le bénéficiaire de ses titres de propriété ?

– Ma foi non, à aucun moment. Il savait que je n'entends rien aux affaires et que je serais, chez vous, comme un canard dans la basse-cour.

– C'est pourtant la situation dont je m'accommoderais le mieux, monsieur Chaprisot, car vous, au moins, vous nous feriez confiance, vous me laisseriez faire... L'équipe directionnelle de la Régie a été mise en place par Romuald Winter et, sans que je veuille en tirer vanité, il a écrémé le top niveau de la profession. J'ose dire qu'à aucun moment nous n'avons trahi sa confiance ni donné matière à regrets. Nous avions donc les mains libres pour prouver ce dont nous étions capables. Mais imaginez les dégâts que pourrait faire un héritier qui se prendrait pour Pic de La Mirandole, voudrait en faire plus que Marcel et nous balancerait des directives plus farfelues les unes que les autres ?...

– À qui pensez-vous ?... Marcel n'avait pratiquement pas de famille, ni femme, ni enfants, deux cousins très éloignés avec lesquels il n'entretenait aucune relation, une vieille tante cacochyme qui a un pied dans la tombe et l'autre qui trébuche... Je suis son plus proche parent.

– D'accord, monsieur Chaprisot. Mais nous savons tous qu'il vivait avec Cécile Cordier et comme il était très discret sur sa vie privée, personne ne connaît le statut de la belle dame.

Quel qu'il soit cependant, il y a fort à parier que Marcel lui lègue une part substantielle de ses biens. Et si c'est elle qui nous échoit, croyez-vous qu'elle voudra mettre son joli petit nez dans des affaires qui lui passent largement au-dessus du chignon ?

– Je connais bien Cécile. Si c'est elle qui reçoit les actions de mon oncle, je suis sûr qu'elle se gardera de toute intrusion dans la gestion de la Régie. Elle connaît ses limites.

– Ça vous monte parfois à la tête, une soudaine ascension professionnelle et sociale…

– Ce n'est pas son genre. Elle ne s'est jamais intéressée à autre chose qu'aux enquêtes qui faisaient le bonheur de Marcel. De même ignorait-elle en quoi consistaient les responsabilités de son défunt mari qui dirigeait une compagnie d'assurances.

– Vous me rassurez un peu… Mais il y a autre chose… Avec ses airs d'ignorer tout du marché de l'immobilier et cette façon de nous assurer à tout moment de son aveugle confiance, rien n'échappait, en fait, au très fin observateur qu'il était. Je le verrai toujours lorsque, une fois par mois, il venait ici présider un conseil de direction. Il parlait peu mais écoutait beaucoup. Son regard passait de l'un à l'autre, un regard perçant, attentif, scrutateur, un regard d'enquêteur, pour tout dire… Je suis bien certain que sous son masque d'indifférence affectée, il s'était fait une opinion très précise des capacités de chacun. Il tenait cela de son père qui possédait au plus haut degré l'art de juger de la valeur d'un homme et de lui assigner sans se tromper la tâche où il excellerait. Alors la question que je me pose est celle-ci : son testament comporte-t-il une clause de redistribution des fonctions ? Dans le monde turbulent des affaires, les dirigeants sont tous assis sur un siège éjectable…

– Vous me voyez bien embarrassé pour vous répondre… Lorsqu'il lui arrivait d'évoquer la Régie devant moi, ce n'était que pour décerner des louanges sur la façon dont elle était gérée.

Bricout soupira :

– Eh bien espérons ! De toute façon, nous serons fixés demain ! À propos, je suis le seul, jusqu'à présent, à savoir ce qui s'est passé. Je dois en informer mes plus proches collaborateurs avant qu'ils ne l'apprennent par les journaux. Je vais donc les faire venir. Je serais heureux que vous restiez près de moi.

Il appuya du doigt sur une touche de l'Interphone :

– Marcelle ?… Convoquez dans mon bureau, s'il vous plaît, Bonnifay, Clermont et Klein.

Au bénéfice de Sébastien, il ajouta :

– Raoul Clermont est le secrétaire général de la société, Henri Bonnifay est mon directeur financier et Michel Klein a la haute main sur les transactions, achats et ventes.

Peu après, les trois hommes se présentaient. Ils saluèrent Bricout et Sébastien et prirent place autour de la grande table ovale qui occupait le fond du bureau. Bricout leur fit part sans ménagements du décès accidentel de Marcel Winter. Des exclamations, puis un long silence, accueillirent l'information. La consternation se lisait sur tous les visages. Le premier à parler fut Clermont. Est-ce pour dissiper l'atmosphère lourde qui pesait sur l'assemblée qu'il crut bon de lancer une réflexion déconcertante ?

– En tout cas, j'en connais un qui va pavoiser quand il l'apprendra !

– Et qui donc ? s'étonna Sébastien.

Bricout balaya d'un geste agacé la sortie inconvenante de son collaborateur :

– C'est sans importance, monsieur Chaprisot. Une affaire mineure, car je vois très bien à qui Clermont fait allusion.

– On ne peut pas savoir ? murmura Sébastien.

– Si vous y tenez… Ça s'est passé il y a quinze jours. M. Winter était dans nos murs. Le conseil des directeurs de divisions se réunit toutes les semaines, le vendredi, pour faire le tour des problèmes, examiner les questions qui chevauchent plusieurs compétences et arrêter les priorités de la semaine à venir. Lorsque Marcel Winter le présidait, une fois sur quatre, on n'inscrivait à l'ordre du jour que les options majeures, le point financier des éléments de bilan, les grandes orientations, et on laissait les broutilles pour la réunion suivante de façon à ne pas lui faire perdre son temps. Pourquoi le cas de Wilfried Kaminsky a-t-il été évoqué devant lui, je ne sais plus. C'était le genre d'affaire que Durand, le responsable de la gestion des locations immobilières règle sans même nous en parler. Bref, ce Kaminsky ne payait plus son loyer depuis six mois. Durand avait été patient, très patient, trop patient. Comme l'individu menait un grand train de vie et ne se privait de rien, Durand ne se faisait pas trop de soucis. Et puis un jour, quand même, il finit par s'en ouvrir à Clermont, et voilà que Clermont mettait l'histoire sur le tapis... Winter n'a pas tourné autour du pot. Il a signé sur le champ un ordre d'expulsion qui a été exécuté dès le lendemain, assorti d'une plainte au tribunal réclamant la saisie des meubles et objets du personnage, en garantie. Voilà, c'est tout. Une affaire banale et sans intérêt, comme vous voyez.

– En effet, admit Sébastien, pardonnez ma curiosité... Cela ne doit pas vous arriver souvent, je présume, car vous gérez plutôt des immeubles de grand standing ?

– Jamais, pratiquement jamais ! Nous exigeons de nos clients les garanties habituelles mais nous n'enquêtons pas sur leur passé. Dans ce cas précis, pourtant, nous avons, après coup, cherché à en savoir davantage et nous avons appris que ce Kaminsky était fiché au grand banditisme et qu'il avait fait de la prison. Nous ne pouvions pas le savoir. Et puis, d'un homme qui roule en Rolls, on ne se méfie pas. Bon, passons aux choses sérieuses. Puisque vous êtes là, messieurs, qu'avez-vous inscrit à la réunion de vendredi ? On peut en parler maintenant, ça me donnera le temps d'y réfléchir...

Cela prit l'heure qui suivit. Furent évoqués un ambitieux programme dans l'est parisien, l'acquisition d'un building à La Défense, un décret récent qui pondérait la répartition des charges entre co-propriétaires, une cession à Courbevoie et la création d'un jardin intérieur dans un groupe d'immeubles, rue Raynouard, en plein cœur de Paris, toutes choses qui, à sa grande surprise, intéressèrent Sébastien. Il pénétrait sur la pointe des pieds dans un univers jusque-là opaque et il le découvrait, finalement, riche en initiatives audacieuses, coups de cœur ou de poker, intuitions prometteuses, risques calculés, considérations altruistes et même poésie. Oui, même poésie, car il y a une poésie des affaires comme il y a une poésie des révolutions.

Sébastien se retira vers 11 h 30.

Un coup de fil chez lui, passé du secrétariat de Bricout, lui avait appris que Mireille déjeunerait quelque part d'un sandwich, entre deux visites. Il décida d'en faire autant. Il remonta l'avenue

George-V et descendit les Champs-Élysées, vers la Concorde, trottoir de gauche. On venait d'y ouvrir une nouvelle galerie qu'il s'en fut visiter. Elle proposait un agréable méli-mélo d'articles de luxe, comme toutes les autres, mais son originalité tenait à ce qu'elle débouchait, à mi-parcours, sur une agréable cour intérieure arborée. Sébastien passa un petit quart d'heure chez un marchand de tableaux où le pire côtoyait le meilleur, s'enquit, par curiosité, de quelques prix, remercia et continua sa route. La galerie aboutissait avenue Franklin-Roosevelt. De l'autre côté, face au rond-point, la brasserie Matignon invitait à la pause. Deux clients seulement l'avaient précédé. Il y déjeuna d'une sole grillée et d'une salade.

En début d'après-midi, il se présenta à *Notre Temps*, rue Montmartre.

On y connaissait déjà la nouvelle. Par quelle voie, par quel canal ? Sébastien ne chercha pas à le savoir, c'était sans importance.

Là aussi, régnait la consternation. Pierre Moustiers, le directeur général, n'était pas encore rentré. Un déjeuner d'affaires, et ça peut durer, les déjeuners d'affaires. Mais Jacques Devillers se trouvait là, lui. En attendant le retour du « boss », Sébastien s'en fut le rejoindre en salle de rédaction.

Marcel Winter se faisait assister, pour ses enquêtes, par trois journalistes, dont Devillers, et deux photographes. Devillers, son préféré, avait la haute main sur la petite équipe. Trente ans à peine sonnés, grand et musclé, un regard bleu acier pénétrant, une belle gueule, un côté charmeur qui faisait chavirer les filles, intelligent et très ambitieux, Jacques Devillers se faisait ouvrir toutes les portes et Winter lui accordait sa totale confiance, en particulier pour les missions délicates, et il s'en présentait souvent. Devillers s'en tirait d'autant mieux qu'il ne s'encombrait pas de scrupules exagérés. Ouvrir un portail avec un pied-de-biche et en faire autant dans les étages pour subtiliser la preuve qui lui manquait, soudoyer un indicateur de la police pour lui soutirer la primeur d'un renseignement, se brancher subrepticement sur une ligne téléphonique afin d'enregistrer des conversations privées, rien de tout cela ne lui faisait peur. À ses yeux, ce qui comptait, c'était le résultat, et peu importaient les moyens. Pour l'heure, assis sur un coin de table, il balançait les jambes en écoutant Sébastien lui confier ses inquiétudes pour l'avenir de la publication :

– Comment allez-vous faire, sans Winter ?

– Oh, de ce côté-là, il n'y a pas le feu au lac ! Nos sommaires ne proposent pas seulement des enquêtes à caractère policier, celles dont raffolait Marcel Winter. Nous en menons aussi sur des faits de société, les aléas de la politique, les problèmes du quotidien, l'avancée des techniques… On travaille en partenariat avec deux autres publications similaires, l'une suisse, l'autre anglaise, ce qui permet de disposer d'un potentiel rédactionnel et d'une logistique importants. Vous connaissez bien le périodique. Vous avez donc remarqué qu'il fait la place belle à des rubriques sur la littérature, le cinéma, les beaux-arts, la mode, la musique, les sports… Quant aux enquêtes que vous évoquez, pas de souci à se faire non plus. Marcel m'avait désigné pour lui succéder en cas d'accident, et tout cela est écrit noir sur blanc devant notaire. J'essaierai simplement de faire aussi bien que lui, mais j'étais à bonne école. Comme vous voyez, dans tout grand malheur, il peut y avoir un petit bon côté. Winter était bâti à chaux et à sable et il était fait pour vivre quatre-vingt-quatorze ans, comme son père. Il m'aurait probablement enterré avant que j'aie l'occasion de prendre sa suite !

– Il n'y a donc pas de problème ?

– Côté rédactionnel, non, aucun. Sauf que nous avons perdu une belle plume, un fouineur de premier ordre et un ami que j'aimais et que je respectais.

La secrétaire de Pierre Moustiers venait informer Sébastien que le « patron » était de retour. S'il voulait bien la suivre…

Pierre Moustiers affichait sa cinquantaine avec plus d'évidence que Marcel Winter. Corpulent, pour ne pas dire obèse, le chef couronné de poils plus blancs que gris, un visage un peu bouffi et déjà marqué, il bougeait lourdement et s'essoufflait pour un rien. Il téléphonait lorsque Sébastien fut introduit dans son bureau. Sébastien prit un siège en attendant qu'il ait terminé, ce qui prit peu de temps.

– Alors, Sébastien, quelle affreuse nouvelle !... A-t-on idée de ce qui s'est passé ? Je sais que Bertin mène l'enquête. A-t-il une piste, un indice ?

– Non, rien encore, c'est beaucoup trop tôt. Il n'est sur l'affaire que depuis hier soir.

– Je vais peut-être vous choquer, mais ce qui me chagrine le plus c'est que nous nous soyons quittés sur un coup de froid, Marcel et moi.

– Comment ça ?...

– Cela date d'une semaine, environ, à l'occasion de la sortie du numéro qui comportait son enquête sur la prostitution enfantine. Une cascade de bévues et de loupés incroyable ! Les légendes de quatre photos avaient été inversées, ce qui les rendait incompréhensibles, des coquilles comme s'il en pleuvait et, surtout, tout un passage de l'enquête, le plus important malheureusement, sucré, carrément sucré ! On aurait voulu saboter l'article, on n'aurait pas fait mieux. Les gars roupillaient, ce jour-là, c'est pas Dieu possible ! D'habitude, tout est lu, relu, vérifié... Marcel a piqué une colère noire, au bord de l'apoplexie... Je ne l'avais jamais vu comme ça et, pourtant, des coups de gueule, on en a encaissé quelques-uns ! Il a convoqué dans mon bureau tous ceux qui travaillent avec lui et il a hurlé : « Si vous continuez à travailler comme des cochons, je vous préviens, je modifie mon testament ! »

– Qu'est-ce que son testament vient faire là-dedans ?

– Ah, vous n'êtes pas au courant ? Marcel détient quatre-vingt-dix pour cent des parts de la SARL. Pour que la publication puisse continuer après lui, au cas où il lui arriverait malheur, il avait disposé, par voie testamentaire, que ses parts seraient réparties à sa mort entre tous ses collaborateurs, secrétaires comprises. Comme il faut toujours un patron dans une entreprise, je devenais porteur majoritaire et le reste allait aux reporters, aux rubricards, aux photographes, au personnel administratif, dans des proportions variant selon le rôle, l'importance fonctionnelle et l'ancienneté de chacun.

– Nous avons découvert, sur son agenda, qu'il avait pris rendez-vous avec son notaire pour demain mardi.

– Je sais. J'ai vu Gagnère vendredi dernier, pour une affaire personnelle, et il me l'a dit.

– Vous pensez qu'il existe un rapport entre cette grosse colère et ce rendez-vous ?

Moustiers leva les bras au ciel :

– Je n'en sais fichtre rien !... En tout cas, c'est du passé... J'avoue que l'idée de me retrouver chômeur ne me souriait guère. À mon âge, on ne retrouve pas facilement à se recaser dans la presse, surtout en ce moment où elle va plutôt mal.

Peu après, Sébastien prit congé et regagna son domicile.

Mireille lui rendit compte de ses démarches :

– Je suis passée à la mairie pour notifier le décès d'Oncle Marcel, c'était le plus urgent. J'ai pris quatre copies de l'acte, nous en aurons besoin. Pour les obsèques, j'ai choisi les Pompes funèbres générales qui ont une agence tout près d'ici et j'ai rencontré le curé de Saint-Paul. La messe sera célébrée jeudi. Le curé connaissait bien Oncle Marcel et il souhaite dire quelques mots à la fin de la cérémonie. J'ai donné mon accord, naturellement. J'ai téléphoné une annonce au *Figaro*, au *Monde*, à *Libération* et au *Parisien*. J'ai également informé TF1, France 2, France-Inter et RTL. L'imprimeur nous livre les faire-part demain. À la suite de nos noms, j'ai pris la liberté d'ajouter Tiburce. Cela va peut-être en choquer quelques-uns mais tant pis, je suis sûre qu'Oncle Marcel m'approuve. Ils s'aimaient beaucoup, tous les deux. Cécile, par contre, ne veut pas figurer sur le faire-part. « La vie privée de Marcel, m'a-t-elle dit, ne regarde personne d'autre que moi ». Je la comprends tout à fait.

– Tu as bien travaillé, ma chérie. Bravo !

– Et toi, ta journée ?

– Beaucoup de choses, des choses qui font réfléchir… J'ai vu les gens qu'il fallait, à *Notre Temps* et à la Régie immobilière… Je ne soupçonnais pas tout ce que j'ai appris.

– Quoi, par exemple ?

– Je te le dirai dans le détail, à tête reposée. Pour l'instant, j'ai besoin de décanter… Tiburce n'est pas là ?

– Il grattait à la porte, alors je l'ai descendu. Mais il s'est arrêté devant celle de Marcel. C'est là où il voulait aller.

– Qu'as-tu fait ?

– Je suis remontée chercher les clés et je lui ai ouvert. Il y est encore.

– Ce chat m'étonnera toujours ! Qu'est-ce qu'il fourgonne chez Oncle Marcel ?

– Il faudra le lui demander.

– Je le trouve quand même bizarre, depuis dimanche ! Je vais aller le récupérer et j'en profiterai pour finir de ranger.

– Émilienne s'en est chargée. Elle était effondrée, la pauvre femme !

– On le serait à moins.

Dans la soirée, Tiburce regagna ses pénates. Mais Sébastien ne put rien tirer de lui.

IV

Mardi, 8 h 15

La plupart du temps, lorsqu'il avait à circuler dans Paris, Bertin empruntait une voiture de la police et se faisait conduire par un agent qui l'attendait, là où il avait affaire, au besoin en double file.

Mais, ce mardi matin, il décida de prendre sa voiture, une BMW d'occasion qui excitait, chez ses collègues, une verve teintée d'un brin de jalousie. Le ciel s'était remis au beau et, contrairement à beaucoup de gens, conduire dans Paris, qu'il connaissait comme sa poche, le détendait. Maître Gagnère lui avait fixé rendez-vous à 9 heures, il pouvait donc prendre tout son temps.

Il trouva à se garer place André-Malraux, à deux pas de la Comédie-Française. L'immeuble qui abritait l'étude du notaire faisait l'angle de la rue Saint-Roch et de l'avenue de l'Opéra. Une agréable promenade de dix minutes, sans presser le pas.

Un ascenseur poussif le hissa au deuxième étage. Contre la porte du milieu, une plaque en cuivre bien astiquée annonçait l'étude. On ne le fit pas attendre et, sitôt assis, Bertin entra dans le vif du sujet :

– Savez-vous, maître, pourquoi Marcel Winter souhaitait vous voir ?

– Oui. Il voulait modifier les dispositions de son testament.

– ... Et il n'en a pas eu le temps. C'est donc l'ancien testament que vous allez exécuter ?

– En effet.

– Que prévoit-il ?

– Il lègue à Sébastien Chaprisot la propriété de l'appartement qu'il occupe, le domaine de Barbizon, plus cinq millions déposés au Crédit lyonnais et placés en Sicav de père de famille. Cela lui fera de jolis revenus. Les parts de *Notre Temps* que détenait Winter sont ventilées entre ses collaborateurs selon une clé de répartition dont j'ai le détail. Cette disposition assure la pérennité de la publication, ce à quoi tenait beaucoup son fondateur. Le reste de sa fortune, qui est considérable, va à Cécile Cordier.

– Y compris les actions de la Régie immobilière ?

– Y compris les actions de la Régie immobilière. J'ai tout lieu de penser qu'elle se contentera d'en toucher les dividendes.

– Cela semble assez équitable ?

– Ça l'est. Sébastien Chaprisot est un peintre très coté dont les toiles se vendent cher. Après un déferlement de créations trompe-couillons qui n'avaient avec la peinture qu'un lointain rapport, le figuratif de qualité revient en force et Sébastien est arrivé au bon moment. Quant à Mireille, sa femme, elle dispose d'une très belle situation à la Sofres où elle est cadre supérieur. Cécile Cordier, par contre, ne vivait que de la pension de réversion de son défunt mari, assez coquette quand même.

Bertin en savait assez. Il se retira et regagna son bureau. Trop de petits problèmes l'y attendaient pour qu'il pût rentrer déjeuner chez lui. Il se rabattit, comme souvent, sur le café-restaurant de Saïd, rue de Bretagne, dont le couscous-méchoui passait pour mériter le détour.

Son addition réglée, il prit la direction de la rue Villehardouin. Des parcmètres récemment installés y laissaient espérer un stationnement relativement facile.

Monsieur Tiburce, lui, s'y trouvait déjà. C'était son heure. Le soleil d'hiver était au zénith et il faisait bon se chauffer les os sur la pelouse de la cour-jardin, au 6 de la rue. Il y retrouvait des habitudes, car Sébastien avait séjourné dans ces lieux paisibles lorsque Jacob Silverstein l'avait fait venir à Paris pour son premier grand vernissage. À cette époque, l'oncle Marcel était en voyage sur Dieu sait quelle piste. Toujours est-il que, pour Sébastien et Tiburce, le présent ne serait jamais qu'un retour à la case départ.

Tiburce y rejoignait d'anciens et de nouveaux amis, à quatre ou deux pattes. Un jeune labrador, par exemple, dont le maître occupait l'un des studios et qui, dès qu'il l'apercevait, muait sa queue en métronome. D'un naturel taquin, il adorait faire rouler Tiburce, sur l'herbe du terre-plein central, en le poussant du museau. Tiburce, bon garçon, se prêtait au jeu avec bonhomie. Il y avait aussi Mélanie, une très vieille chatte, une bonne copine. Elle résidait au 8 et avait perdu un œil dans une castagne avec un clebs malintentionné. Elle partageait la vie de tous les chats de la rue, tantôt dehors et tantôt dedans, car cette petite voie à sens unique ignorait providentiellement « les calandres contre malles arrière » qui constituent l'habituel paysage de l'asphalte parisien.

Dans l'angle de la rue, sous le porche arrondi que formait un petit immeuble jeté, comme le pont des soupirs, d'un bloc de maisons à l'autre, s'ouvrait la plus petite venelle de Paris, la rue de Hesse : six mètres de long… Au-delà, on accédait à un square et à un espace piétonnier où les quatre pattes pouvaient s'ébattre en toute sécurité sous l'œil attendri de leurs esclaves.

Lorsqu'au printemps la roseraie du square offrait aux riverains l'apothéose de sa floraison,

Tiburce, très sensible aux odeurs comme tous les chats, trouvait plaisir à déambuler, narines palpitantes, dans les allées gravillonnées. Les mémés, assises sur des bancs de pierre, s'exclamaient : « Oh le beau chat ! » et tentaient de voler au passage le bonheur d'une caresse. Tiburce, parfois, poussait la bonté jusqu'à leur concéder ce petit plaisir partagé, et les mémés se pâmaient d'aise...

Il n'était pas, tant s'en faut, le seul matou à hanter cette oasis. Chaque petit immeuble de la rue piétonne détenait son spécimen. Les aventureux rôdaillaient avec circonspection, les prudents se perchaient sur le rebord des fenêtres. Et ainsi allait la vie dans ce monde clos, à l'abri de l'agitation et des bruits de la ville.

Quand il voulait rentrer chez lui, Tiburce se postait devant le portail du 10, attendait que se pointât un visage familier et accostait le passant bille en tête :

– Voudriez-vous, je vous prie, actionner pour moi l'Interphone ? Le bouton marqué Chaprisot, sur le tableau...

La bonne âme roucoulait :

– Je sais, je sais, mon petit Tiburce... Monsieur Chaprisot ?... Tiburce veut rentrer...

Justement, ce jour-là, Tiburce n'était pas d'humeur à s'éterniser sur le pavé parisien. Madame Viénot, une voisine, ayant donc, sur injonction du sieur Tiburce, alerté les Chaprisot, la voix de Sébastien tomba du troisième étage :

– Tu veux déjà rentrer, Tiburce ? Avec ce beau soleil ?... Bon, comme tu veux. Je t'ouvre.

Le chat se faufila dans le hall et le portail retomba derrière lui.

À ce moment précis, à vingt mètres de là, Bertin glissait sa BMW entre une Peugeot 306 et une Golf.

Sébastien lui avait remis un jeu de clés, celui de Marcel Winter qui n'en avait plus besoin, et, une fois dans le hall de l'immeuble, Bertin ouvrit la boîte aux lettres collective pour y prendre le courrier destiné à Winter. Il pouvait se révéler instructif ou contenir des indices.

Il y avait là des publicités, des prospectus variés, deux numéros du *Figaro* auquel Winter était abonné et cinq lettres. Avec son butin, il entra dans l'appartement et s'installa au bureau de Winter pour en prendre connaissance.

La première lettre était une facture de plombier. Sans intérêt. Cécile la réglerait. Il la mit de côté pour la lui donner. La deuxième enveloppe comportait seulement une invitation à la générale d'*Un fil à la patte*, au théâtre de la Porte-Saint-Martin. Personne, dans la maison, ne se sentait d'humeur à rire. Sans intérêt. La troisième missive émanait d'un ami dont il ne put décrypter la signature. Elle lui annonçait sa visite prochaine, décrivait le « sale temps » qui sévissait dans le Midi et donnait des nouvelles de sa santé et de sa petite famille. Sans intérêt. Elle irait aussi à Cécile. La quatrième lettre retint son attention. Gribouillée sur une feuille quadrillée arrachée à un cahier d'écolier, l'écriture en était primaire et le libellé truffé de fautes d'orthographe. Elle débutait abruptement :

J'aurais votre renseignement mais le type veut dix sacs. Je panse que vous serez d'accor. Ne venez plus au Colibri, il ne faut pas qu'on nous voye ensemble. Je viendrai chez vous comme l'autre soir. Tony.

Le cachet de la poste indiquait qu'elle avait été jetée dans une boîte aux lettres vendredi, place Blanche.

De toute évidence, ce message se référait à l'une des enquêtes dans le milieu que menait Marcel Winter. Ce Tony était-il passé le voir dimanche après-midi ? Si oui, il était bien le dernier à souhaiter la mort de ce bon M. Winter. On n'a jamais vu un malfrat tarir stupidement la source juteuse de profits non déclarés. Si Bertin s'avisait d'en faire son suspect numéro un, le juge d'instruction lui rirait au nez. Il jeta la lettre dans la corbeille à papiers. Sans intérêt. La dernière, enfin, était signée Suzy. Dans sa missive, parfumée au patchouli, la dénommée Suzy s'étonnait du silence de son petit Marcel. Elle lui proposait de venir dîner chez elle mercredi et elle le priait de confirmer son accord. Elle lui ferait un lapin en gibelotte qu'elle réussissait très bien. Une recette de maman. Suivaient quelques considérations oiseuses sur le temps – un sujet décidément très en vogue –, le rhume qu'elle avait chopé dans les courants d'air du métro et s'achevait sur un « je t'aime, mon biquet » qui en disait long sur leurs relations.

Bertin mit la lettre dans sa poche. Le répertoire d'adresses de Winter était rangé dans un tiroir du bureau. Il le trouva sans peine. Il en eut davantage pour repérer la prénommée Suzy dans toutes les lettres de l'alphabet et il la dénicha finalement à la lettre M : Suzy Maillard, 27, rue des Archives. Aucune autre Suzy ne figurait dans le répertoire. D'ailleurs, les Suzy, ça ne court pas les rues bourgeoises. Un numéro de téléphone accompagnait l'adresse.

Il décrocha le combiné. L'oiseau n'était pas au nid. Il rappellerait ce soir. Il se leva, prit place dans le fauteuil préféré de Marcel et s'abîma dans une profonde méditation.

Il avait été à mille lieues de soupçonner que Marcel menait une vie secrète. Elle expliquait, en tout cas, qu'il négligeât Cécile au point de la meurtrir et de l'inquiéter. « Ah le petit coquin !… »

En partant, il bloqua soigneusement les deux verrous de la porte d'entrée.

Ce n'est qu'une fois chez lui qu'il réussit à joindre la fameuse Suzy. Quand pouvait-on se voir ?... Elle voulait savoir pourquoi, ce qui est bien normal. Rien de grave, rassurez-vous, assurait Bertin. Une simple enquête de routine. Le mercredi, justement, le salon de coiffure fermait. Comme il reste ouvert le samedi et le lundi, il faut bien que tout le monde se repose, pas vrai ? Mais oui, mais oui, et demain c'est parfait pour moi. Chez vous, bien sûr ? 9 heures, ça vous va ?... Elle le cramponna encore cinq bonnes minutes avec des histoires de boutique dont il se contrefichait – une bavarde, la Suzy ! – et il reposa le combiné avec soulagement. Une chose était sûre, en tout cas : elle n'avait pas lu les journaux.

V

Mercredi, 8 h 55

Un peu avant l'heure dite, Bertin sonnait à la porte du 27, rue des Archives. Suzy vint lui ouvrir. Elle lui offrit un café, qu'il accepta, et s'installa pour l'écouter.

C'était une brunette assez piquante mais sans charme particulier. De beaux yeux gris-vert, certes, un minois qui en valait un autre, une voix un peu rauque qui sortait de l'ordinaire et ne manquait pas de séduction… Pour le reste, un petit format qui contrastait singulièrement avec le mètre soixante-quinze de Cécile.

Les hommes, en général, sont abonnés à un même type de femme. Ceux-ci les préfèrent longilignes, ceux-là rondouillardes et ils iront préférentiellement vers les longilignes ou les rondouillardes. Certains sont fascinés par les cheveux longs ; d'autres par les frisettes et leur choix les portera presque toujours vers les cheveux longs ou les frisettes. Dans le cas de

Marcel Winter, il semblait que ce fussent les différences, tout au contraire, qui l'attiraient. Bon, il faut prendre les gens comme ils sont.

Bertin avala une gorgée de café et s'éclaircit la voix :

– Ce que je dois vous annoncer, mademoiselle, va vous causer un choc, j'en ai bien peur… Pardonnez-moi d'être direct, mais voilà : Marcel Winter est mort.

Elle le regarda avec l'air de ne pas comprendre, puis elle enfouit son visage dans ses mains et éclata en sanglots.

Quand elle eut repris pied, Bertin lui en dit un peu plus, puis il l'interrogea. En démêlant, dans des propos décousus, ce qui semblait important de ce qui ne l'était pas, il réussit à savoir qu'elle était manucure dans un grand salon de coiffure de la rue de Rivoli où Marcel Winter se rendait tous les mois. Elle s'occupait de ses ongles qu'il voulait très soignés. Ils bavardaient à bâtons rompus, il la taquinait, il l'interrogeait sur son existence, ses goûts, ses loisirs, bref, en un mot comme en cent, ils sympathisaient. Une chose en amenant une autre, il l'invita un jour à dîner, et elle accepta. Il l'emmena à La Tour d'Argent – « Ah la vue, là-haut ! Notre-Dame, la Seine, tout Paris !… Et en plus, qu'est-ce qu'on mange bien !… » – puis il la raccompagna chez elle. Cette fois-là, il ne se passa rien. La troisième sortie serait la bonne. Ils revenaient de chez

Lapérouse et elle avait proposé : « On prend un dernier verre chez moi ?... » Il avait dit oui, naturellement. La suite n'intéresse que les revues spécialisées de la rue Saint-Denis.

– Depuis quand durait votre liaison ?

– Ça fera bientôt six mois.

– Marcel Winter avait-il exprimé des intentions à votre égard ?

– Je ne comprends pas...

– Vous avait-il dit qu'il vous épouserait, par exemple ?

– Il l'a laissé entendre.

– Eh bien je crois que ce sera tout, mademoiselle. Merci pour votre franchise, et pour le café.

Dans l'ascenseur qui le ramenait au rez-de-chaussée, Bertin réfléchissait. Cette idylle insoupçonnée ouvrait bien des horizons... Dans l'immédiat, une nouvelle visite au notaire s'imposait. Il prit le risque de ne pas s'annoncer et de tenter sa chance. Et elle lui sourit. Maître Gagnère pouvait lui accorder dix minutes entre deux clients.

– Je vous sais gré de me recevoir sans avoir pris rendez-vous, cher maître, et je serai bref. Il s'agit encore du testament de Marcel Winter. Savez-vous ce qu'il voulait y changer ?

– Oui, il me l'avait confié au téléphone. Il déshéritait partiellement Cécile Cordier au profit d'une certaine Suzy... (Il compulsa un dossier.) Suzy Maillard.

– Pourquoi ne pas me l'avoir dit hier ?

– Parce que vous ne me l'avez pas demandé. Un notaire est tenu à la discrétion, je ne vous apprendrai rien.

– Il y a mort d'homme, quand même !

– Certes. Et c'est bien pour cela que je réponds à vos questions. Mais encore faut-il que vous les ayez formulées.

– Bon, laissons cela… Quelles nouvelles dispositions comptait-il prendre ?

– Il léguait toujours à son neveu l'appartement du troisième, le domaine de Barbizon et cinq millions. À Cécile Cordier, les appartements du premier et du rez-de-chaussée, et cinq millions. Rien de changé pour *Notre Temps*. Tout le reste de sa fortune, y compris les actions de la Régie immobilière, allait à cette Suzy Maillard. Il devait m'amener tout ça hier, écrit noir sur blanc, et je n'aurais plus qu'à authentifier écriture et signature.

– Comment avez-vous réagi ?

– Comme vous pouvez le supposer ! J'ai tenté de le dissuader de commettre cette folie, bien sûr ! Je lui ai dit : « Écoute, Marcel, le démon de midi, tous les hommes connaissent ça, un jour ou l'autre, mais cela ne doit pas les amener à dérailler ! Cette Suzy, dans trois mois, tu en auras fait le tour. Elle n'est ni de ton milieu, ni de ton niveau. Mais si, d'ici là, il t'arrivait un accident, tu n'aurais pas trop de ton éternité pour le regretter et t'en repentir ! »

– Et qu'a-t-il répondu ?

– Qu'il avait réfléchi, qu'il était bien décidé, que c'était une gentille mais pauvre fille qui avait trimé toute sa vie sans jamais connaître le bonheur ni un début d'aisance, et qu'il n'en démordrait pas. Vous le connaissez : c'était un impulsif et un buté. Ces deux travers sont généralement incompatibles, mais lui les cumulait.

– Eh bien je vous remercie, maître. Vous avez fait faire un pas de géant à mon enquête.

Une lueur d'inquiétude passa dans le regard de maître Gagnère, mais il se tut.

Sur le trottoir, Bertin chercha, du regard, la voiture de la police. Elle était garée trois numéros plus bas. Il la rejoignit et congédia l'agent qui lui servait de chauffeur :

– Je vais rentrer à pied, Lucien. Il fait beau et j'ai envie d'en profiter.

Quand il avait besoin de réfléchir à un problème, il aimait marcher, comme si le fait de stimuler la circulation sanguine et les muscles moteurs activait les cellules cérébrales. Dans son bureau, il se levait et marchait de long en large… Il prit la rue Ventadour et descendit la rue des Petits-Champs, sans se presser, musant, à l'occasion, devant les vitrines des magasins. Il faisait un temps inhabituellement doux pour la saison et les femmes, en robe légère, se donnaient des illusions de vacances. Il s'attarda un peu place des Victoires, toujours sensible à la belle ordonnance des bâtiments qui l'encadraient et il s'engagea dans la rue Étienne-Marcel.

Il aimait voir vivre le petit peuple des rues, les marchands à la sauvette hélant les passants d'une voix persuasive, les bistrots où les mêmes habitués, chaque jour que Dieu fait, viennent s'accouder à un comptoir, racontent leur journée ou commentent la dernière de Longchamp en vidant un canon de blanc, les petits commerçants guettant, derrière la porte vitrée, un improbable client, les pépères déambulant côté soleil, au rythme de leur canne… Cette paisible agitation de paisibles bonnes gens le reposait de la chasse aux loubards.

Tout en marchant, il gambergeait. Albert Mignot, le juge d'instruction, s'impatientait : « Toujours rien, Bertin ? – Toujours rien, monsieur le juge. – C'est embêtant… » La prochaine fois, Bertin aurait matière à se montrer plus loquace… Depuis le début, il tenait Cécile pour la suspecte la plus présentable. Qui d'autre qu'elle pouvait entrer dans l'appartement de Marcel, avec ses clés, le jour de sortie d'Émilienne, et sans déranger Winter qui travaillait à son bureau ? On ne retrouverait – il en était absolument certain – aucune autre empreinte que les siennes, celles de Marcel et celles de la soubrette. Mais cela n'eût pas suffi, et de loin, à prouver quoi que ce fût. Désormais, à défaut de preuves, il pouvait mettre en avant un mobile, et un bon : la fortune de Marcel qui lui passerait sous le nez s'il mettait ses projets à exécution. Mais comment pouvait-elle savoir qu'il se proposait, mardi, de modifier ses dispositions testamentaires ? Plusieurs hypothèses tenaient la route : un brouillon que Marcel aurait jeté dans la corbeille à papiers, car il y avait fort à parier qu'il s'y était repris à plusieurs fois ; ou un coup de fil de maître Gagnère mettant Cécile en garde et lui recommandant de jouer de la pédale douce sur les reproches et de l'accélérateur sur la tendresse ; ou même une allusion à peine voilée dans une crise de colère de l'irascible Marcel. On trouverait. À la réflexion, une intervention du notaire paraîtrait plus que vraisemblable, compte tenu du sermon qu'il avait infligé à Marcel et de l'estime qu'il portait à Cécile. Mais le revolver ? Il était bien peu probable que Cécile en possédât un !... Quand même, les revolvers, ça s'achète. Et pour tirer à bout portant, on n'a pas besoin d'un gros calibre...

À ce point des choses, il lui paraissait prudent de soumettre « l'hypothèse Cécile Cordier » au jugement d'un homme avisé et de bon sens, étranger à l'enquête, puis d'observer ses réactions. On n'accuse pas quelqu'un, à la légère, d'homicide volontaire. À tout prendre, Sébastien lui semblait l'homme idoine. Et le fait qu'il vouait à Cécile une réelle affection ajoutait de l'intérêt à la confrontation. Il mettrait tout en œuvre pour découvrir les points faibles du raisonnement, et ce serait très bien.

À peine arrivé à son bureau, Bertin l'appela :

– Cher ami, seriez-vous d'accord pour que nous déjeunions ensemble, demain ? Je vous dirai où j'en suis.

– Bien volontiers ! J'ai hâte de savoir. Où nous retrouvons-nous ?

– Je réserverai une table, dans un coin tranquille, au Bar à Huîtres, boulevard Beaumarchais. 13 heures, ça vous va ?

– 13 h 30, plutôt. C'est demain que nous enterrons notre oncle.

– Ah c'est vrai, j'avais oublié !... J'y serai aussi, naturellement. C'est à Saint-Paul, n'est-ce pas ?

– Oui. À 10 heures.

– Alors on se retrouve là-bas.

Ils raccrochèrent en même temps.

Tiburce se planta devant Sébastien :

– Tu as une visite, annonça-t-il avec le plus grand sérieux.

Comme tous les chats et, en cela, il ne se distinguait pas de ses congénères, Tiburce sentait venir les événements bien avant les bipèdes. Au reste, si les hommes avaient un peu de jugeote, ils seraient plus attentifs aux avertissements que leur adressent, gratuitement et sans frais, les greffiers. Ceux-ci, par exemple, pressentent l'arrivée d'une secousse sismique ou d'une éruption volcanique deux jours avant les populations concernées, ce qui laisserait aux susdites tout le temps voulu pour se planquer ou décamper. Disons les choses carrément : Dieu a doté les chats d'un sixième sens pour signifier aux hommes que, comparés aux animaux, ils ne sont pas si fortiches que ça, ce qui est aussi une façon de leur rabattre le caquet.

Sébastien n'oubliait pas ce que sa carrière de peintre devait à l'astuce, au flair, à l'intelligence de son chat et, cependant, il lui arrivait parfois de douter :

– Qu'est-ce que tu me racontes là, Tiburce ?

– Je t'annonce une visite, un point c'est tout. Maintenant, si ça ne t'intéresse pas...

– Quelle visite ?... Je n'attends personne...

Au même instant, l'appel de l'Interphone grésilla dans la pièce. Sébastien s'approcha du micro :

– Oui ? Qui est-ce ?

La voix du visiteur était sourde et des craquements dans l'installation hachaient son discours. Dix fois Sébastien s'était juré d'en parler au syndic et dix fois il avait oublié de le faire.

– Je vous entends mal.

– Moi aussi... Je suis le serrurier. La maison Bourgeois... Ça ne répond pas chez M. Winter.

– Et pour cause, il est mort. Je suis son neveu.

Un silence de cathédrale s'installa sur la ligne.

– Ah, mon Dieu, je ne savais pas... Vous êtes son neveu, me dites-vous ? Est-ce que je peux vous voir ?… Mais vous êtes peut-être en train de déjeuner ?

– Non, pas encore, je vous ouvre. J'habite au troisième.

Peu après, Sébastien introduisait un grand gaillard fortement moustachu, visage avenant, poignée de main franche :

– Je vous présente toutes mes condoléances, monsieur. J'ignorais tout à fait… Je m'appelle Jean Philippot, gérant de la maison Bourgeois. M. Winter avait fait changer les serrures de sa porte d'entrée, il y a un mois.

– Oui, je m'en souviens. Elles marchent très bien.

– C'est pas ça… M. Winter avait demandé trois jeux de clés, c'est d'ailleurs ce que nous fournissons d'habitude. Or je viens de m'apercevoir, en établissant les comptes du mois, que l'ouvrier qui était venu chez lui a commandé à l'atelier quatre jeux de clés. Et nous n'en avons livré que trois, comme l'atteste la facture.

– Votre ouvrier a bien dû vous dire pourquoi il en avait commandé un quatrième, et ce qu'il en a fait ?

– Eh non, parce qu'il n'est plus chez nous, malheureusement… Il m'avait demandé deux jours de congé pour enterrer son père qui venait de mourir à Mulhouse et, depuis, je ne l'ai pas revu.

– Vous n'avez pas cherché à le retrouver ?

– Vous pensez bien que si ! Mais j'ai fait chou blanc.

– Il a peut-être eu un ennui de santé ou un accident ?

– Dans ce cas la police ou l'hôpital m'aurait prévenu. Non, il s'est envolé, sans un mot ni un coup de fil…

– Mais ce quatrième jeu de clés, il doit être chez vous, quelque part ? Il ne s'est pas envolé, lui ?

– Si je l'avais retrouvé, je ne serais pas là.

– C'est embêtant, ça… Les clés de mon oncle qui se baladent dans la nature, c'est très embêtant…

– Je suis aussi ennuyé que vous, croyez-le bien.

– Vous considériez cet ouvrier comme un honnête homme ?

– Je n'ai jamais rien eu à lui reprocher de ce côté-là. Il s'est peut-être fait embaucher ailleurs ?… Ou son père lui a laissé assez d'argent pour qu'il n'ait plus besoin de travailler, allez savoir…

– Il aurait dû vous le dire, quand même !

– Oui, il aurait dû me le dire, mais il ne l'a pas fait. Il était un peu bizarre, de toute façon…

– Écoutez, monsieur Philippot, si vous avez du nouveau, appelez-moi, je vous laisse ma carte. On ne peut rien faire d'autre pour l'instant.

Jean Philippot se retira, manifestement contrit, avec force salamalecs.

Journée chargée pour Sébastien. Son programme prévoyait, dans l'après-midi, une visite à La Mézerette, cette belle propriété de Marcel Winter dont il se trouvait hériter.

Winter l'avait acquise voilà bientôt quinze ans. Située à dix kilomètres de Fontainebleau et à proximité de la forêt, elle était le havre de paix où il aimait se ressourcer de temps à autre, et, de préférence, lorsque la belle saison peuple le silence du chant des oiseaux. Mireille et Sébastien gardaient le meilleur souvenir de quelques week-ends de détente en compagnie d'Oncle Marcel et de Cécile, des week-ends partagés entre de longues et revigorantes promenades en forêt, la pêche aux tanches dans l'étang de la propriété et de bonnes lectures à l'ombre des châtaigniers du jardin. Quelle destination pouvait-on, aujourd'hui, assigner à La Mézerette ?...

Ils en avaient, la veille, Mireille et lui, longuement débattu. L'un et l'autre jugeaient la propriété trop proche de Paris pour proposer un véritable dépaysement. Quand il pleut dans le troisième arrondissement, il pleut aussi à Fontainebleau et, comme l'observait finement Mireille, si c'est pour regarder la pluie fouetter les vitres, autant contempler le spectacle bien au chaud chez soi.

La résidence secondaire, ils se la promettaient un jour, comme tout le monde. Mais leur choix était fait depuis longtemps : leur Luberon natal abriterait ce retour aux sources, entre Lacoste et Oppède-le-Vieux, on trouverait sans peine. Tant de bons souvenirs les attachaient à cette aimable région ! Pour Mireille, la maison paternelle de Joucas, les petites rues pentues du village, ses belles demeures cachées dans l'écrin des résineux et des cèdres, les bons voisins toujours prêts à rendre service, la fête votive qui marquait à jamais sa rencontre avec Sébastien – « Tu te souviens du petit ours en peluche que tu avais gagné au stand de tir et que tu m'avais donné ? Ton premier cadeau... » – et aussi les trajets jusqu'à Aix où les cours dispensés par l'École supérieure de commerce la cloîtraient dans un studio d'étudiante, du lundi matin au vendredi soir...

Pour Sébastien, les bons souvenirs, c'étaient ses ruches, son miel et ses abeilles, l'arrivée inopinée de Tiburce, un beau matin, ce chat abandonné qui venait d'on ne sait où pour aller on ne sait où et qui s'arrêtait là, dans cette maison du bon accueil, parce que Sébastien lui plaisait bien, que sa cuisine se révélait goûteuse et, surtout, parce qu'il « parlait chat »... Et puis aussi Gustave et Honorine dont la demeure jouxtait presque la sienne, toujours à se chipoter mais le cœur sur la main, et P'tit Louis avec sa gapette avachie, et les virées chez Tonin, à Vacqueyras... Sans oublier, bien sûr, la visite fortuite de Ferdinand Combastet qui, grâce à l'astucieux Tiburce, découvrait le peintre sous l'apiculteur… Et puis le premier vernissage, à Aix, et puis Silverstein, et puis Paris…

Ils renoueraient tous deux avec ces beaux souvenirs, sautant à pieds joints, mais sans regrets, la parenthèse parisienne…

C'est tout ce à quoi pensait Sébastien en roulant plein gaz sur l'A6. Au lieu-dit Saint-Germain, il quitta l'autoroute et prit la N37 en direction de Barbizon. Il n'était plus très loin.

La Mézerette, on la vendrait. Avec un petit pincement au cœur en souvenir des bons moments qu'elle avait dispensés. Mais le futur refuge du Luberon n'en serait que plus beau, plus grand, plus protégé.

Un chemin de terre s'amorçait sur la droite. Sébastien s'y engagea. La grille du parc était fermée, mais il en avait la clé ainsi que celles de la maison. Il franchit l'entrée au volant de sa 306 et s'immobilisa devant le perron. Il venait là prendre quelques mesures conservatoires car Dieu sait combien de temps la demeure resterait vide ; s'assurer que depuis le dernier passage de l'oncle Marcel l'eau, le gaz et l'électricité avaient bien été coupés ; vérifier que la maison n'affichait ni fuite d'eau, ni mites, ni souris ; vider le frigo et le congélateur ; prévenir les voisins…

En fait de voisins, un seul pouvait s'inquiéter ne plus voir personne : Barnabé Moriceau, un maraîcher dont les terres touchaient le domaine. Sébastien le connaissait. C'est chez lui qu'on achetait fruits et légumes frais. Un gars sympathique.

À première vue, la maison semblait en ordre. Une fine pellicule de poussière poudrait bien les meubles cirés, mais un coup de chiffon leur rendrait leur lustre. Le congélateur avait été vidé et débranché. Dans le frigo, quelques ingrédients non périssables qu'on pouvait laisser là.

Sébastien fit le tour du propriétaire. Rien à signaler. Alors qu'il redescendait de l'étage, des petits coups discrets à la porte d'entrée l'alertèrent. Barnabé Moriceau avait entendu la voiture et venait aux nouvelles. Sébastien l'invita à entrer.

Par les journaux, le maraîcher avait appris l'assassinat de Winter et il en était, comme disent les bonnes gens, tout retourné :

– Un si brave homme !... Oh ! je ne dis pas que nous ne nous soyons jamais chamaillés, et vous savez à quel propos, bien sûr, mais ça ne tournait jamais au drame.

Sébastien se souvenait, en effet, car l'oncle Marcel lui avait tout raconté. Il s'agissait d'une de ces vieilles querelles de voisinage, comme on en compte tant à la campagne, et qui remontait à loin, bien avant que Barnabé ne prenne la suite du père à la tête de l'exploitation. À l'époque, le père Moriceau, Jules pour les intimes, venait de subir les conséquences de trois mauvaises années consécutives : d'exceptionnelles sécheresses succédant à de calamiteuses gelées tardives. Appelé à l'aide, le Crédit agricole, pourtant coulant devant ce genre de situation, refusait tout net de couvrir le déficit d'exploitation, car le trou dans la trésorerie excédait très largement le niveau toléré. Le père Jules ne pouvait se tirer de ce mauvais pas qu'en sacrifiant une partie de ses actifs. Or, justement, Marcel Winter guignait depuis longtemps l'une des trois parcelles du maraîcher, celle du milieu, qui prolongerait son parc de près de deux hectares. Les deux autres parcelles s'accolaient, à l'est et à l'ouest, à sa propriété. Elles l'encadraient, en quelque sorte, celle du milieu assurant leur jonction. La mort dans l'âme, le père Moriceau dut se résoudre à céder les hectares convoités, d'autant plus que Winter en offrait un prix des plus coquet. Son exploitation était tirée d'affaire, mais ses terres se trouvaient coupées en deux par l'extension du parc : trois hectares d'un côté, où se trouvait aussi sa ferme, et deux hectares de l'autre auxquels il ne pouvait accéder qu'au prix d'un détour de deux kilomètres. Quant au chemin qui, jadis, raccordait les parcelles, il était désormais la propriété de Winter. Le père Jules avait bien tenté de négocier un droit de passage, mais l'oncle Marcel s'y était énergiquement opposé : « Je n'ai pas du tout envie de voir vos tracteurs, vos charrues et vos camions de ramassage traverser mon parc à tout bout de champ, et sous mes fenêtres, en m'envoyant dans le nez, en plus, leur gaz d'échappement ! »

Quand Barnabé, à la mort de son père, reprit l'exploitation, il revint à la charge. Peine perdue : Winter se révélait intraitable. À la longue, Barnabé en prit son parti et les relations entre les deux hommes, de tumultueuses, puis de fraîches, devinrent pacifiques. On en était là.

Pour l'heure, attablé devant un pastis que Sébastien avait déniché à l'office, Barnabé s'informait :

– On sait qui a fait le coup ?

– Pas encore, malheureusement. La police suit plusieurs pistes. Mais on trouvera !... Aujourd'hui je suis venu m'assurer que rien n'allait de travers à La Mézerette. Nous aimions bien y venir, Mireille, Tiburce et moi, mais sans la présence de mon oncle, elle n'a plus beaucoup d'attraits. D'ailleurs, la maison de nos vieux jours, elle sera chez nous, en Haute-Provence.

– Oui, vous me l'aviez confié un jour. Dans le Luberon, si j'ai bonne mémoire ?

– C'est ça. Nous y sommes nés, Mireille et moi et nous y ferons chauffer nos vieux os au soleil. La Mézerette, je vais la vendre.

– Je le pensais bien... Autant vous le dire tout de suite, monsieur Chaprisot, je suis acheteur de la parcelle que Papa avait dû vendre à votre oncle, celle du milieu.

– Je m'en serais douté, figurez-vous. Mais ça va diminuer la valeur de la propriété.

– Le prix que je vous proposerai compensera le manque à gagner.

– Moi je suis d'accord, monsieur Moriceau. Vous me dites votre prix et, s'il me convient, on règle ça chez le notaire… À part ça, comment va la vie pour vous ?

– Faut pas se plaindre. Je me suis converti à l'agriculture biologique. C'est davantage de travail, mais c'est de plus en plus demandé, surtout depuis que la vache folle, la fièvre aphteuse et les OGM ont jeté la suspicion sur l'agriculture conventionnelle. Avec les deux hectares que je vais récupérer, je vais pouvoir étendre et diversifier mes cultures, réduire les coûts de production et baisser mes prix. C'est exactement la surface qui me manquait pour atteindre le niveau optimum.

– Alors tout est pour le mieux !… Je vous sers une petite resucée ?

– Volontiers. Un bon arrangement, ça s'arrose.

Barnabé but une longue gorgée et soupira :

– Monsieur Winter va quand même nous manquer… On s'entendait bien, malgré ce vieux différend. Quand il venait passer le week-end, sa première visite était pour moi. On faisait le tour de mes planches. Il adorait tirer de la terre des radis bien rouges, couper délicatement une romaine craquante, cueillir mes tomates gorgées de soleil… Il venait parfois déjeuner à la ferme et, ces jours-là, Jeannette lui mitonnait ses plats préférés… Oui, il va bien nous manquer…

Après le départ de Barnabé, Sébastien verrouilla soigneusement les portes de la maison et il se rendit à Fontainebleau où les agences immobilières ne manquent pas. Il ne s'agissait que d'un premier contact. Il en choisit trois qui lui firent bonne impression, et qu'il mettrait en concurrence, et promit d'apporter des photos. À cette occasion, il ferait visiter et on discuterait du prix.

À 19 heures, il était de retour à Paris.

VI

Ce même mercredi, 14 h 30

Le commissariat vivait son agitation coutumière : va-et-vient des agents assurant les relèves, défilé de bonnes gens venus déposer une plainte, pour vol le plus souvent, appels téléphoniques pour réclamer une intervention, touristes étrangers égarés demandant leur chemin, la routine, en somme.

L'agent Turcot entra sans frapper dans le bureau de Bertin. Il poussait devant lui une vieille femme toute en pleurs qui ne semblait lui inspirer aucune compassion.

– Qu'est-ce que c'est, Turcot ?

– On l'a prise la main dans le sac à Franprix. Madame glissait un paquet de saumon fumé dans une poche intérieure de sa jupe. C'est un client qui l'a signalée.

– Écoutez, Turcot, j'ai un crime sur les bras ! Alors les vols à l'étalage… Voyez ça avec Berthier.

– Il est sur un constat d'accident rue des Francs-Bourgeois.

Bertin soupira :

– Bon… Asseyez-vous, madame. Savez-vous ce que vous risquez ?

Les sanglots de la vieille femme redoublèrent d'intensité.

– Allons, madame, calmez-vous. Pleurer n'arrangera pas vos affaires. (Il se tourna vers l'agent Turcot.) C'est quoi, son truc ?

– Classique, monsieur le divisionnaire. On relâche un peu la ceinture de la jupe et on glisse ce qu'on a piqué dans la poche intérieure. Ça fait le ventre un peu plus rond, mais qui le remarque ? Beaucoup de femmes sont un peu boulottes.

– J'ai compris. Vous pouvez nous laisser, Turcot.

L'agent parti, la vieille femme sembla reprendre un peu d'espoir :

– Je vais tout vous expliquer, monsieur le commissaire. Je vis toute seule depuis que mon pauvre mari est mort, voilà quinze ans. Il était marchand de glace ambulant et pas de retraite à espérer. Déjà que ça ne gagnait pas beaucoup… Demain, c'est mes soixante-dix-huit ans. Je voulais, pour une fois, me faire une petite fête vu qu'avec le RMI, on va pas loin. Le saumon fumé, j'en ai mangé qu'une fois, voilà bien longtemps… Je voulais me faire une petite fête, vous comprenez, ça n'arrive jamais…

– Allons, madame, ne me prenez pas, en plus, pour un imbécile ! Vous vous promenez dans les grandes surfaces avec une poche cachée dans votre jupe ! Ne me dites pas que vous l'avez justement étrennée aujourd'hui !

– Mais si, monsieur le commissaire, je vous le jure ! C'est un vieux tablier que j'ai retourné ce matin ! La poche était devant…

Bertin ne répondit pas. Il ouvrit le tiroir de droite de son bureau et y pécha un paquet de Benson. Il l'ouvrit sans se presser, prit une cigarette et l'alluma.

Toujours pareil ! C'était toujours pareil !… Ces gens avaient l'art de vous écarteler entre sévérité et compassion, répression et compréhension… La semaine dernière, on avait traîné au commissariat un gamin de douze, treize ans. Il ne pleurnichait pas, celui-là, il faisait le bravache, il jouait les durs comme à la télé, les petits caïds… Son crime : un vélomoteur volé dans une cour d'immeuble. Le brigadier ne pouvait rien tirer de lui, ni explication, ni remords, ni excuse. En désespoir de cause il l'avait présenté au commissaire Bertin, en espérant que ça l'impressionnerait.

Au terme d'une grande demi-heure d'interrogatoire où les encouragements paternels alternaient avec les menaces, le gosse finit par craquer.

Pareil ! Toujours pareil !... Un père au chômage de longue durée qui se saoule tous les soirs pour oublier qu'il est au chômage, une mère qui fait des ménages et n'a pas le temps de s'occuper de quatre garnements, des profs qui constatent l'échec scolaire et qui bombardent la famille de bulletins « nuls » que le gamin jette dans le caniveau, des copains qui brocardent son pantalon trop court et ses baskets trop grandes parce que les enfants, par économie, se refilent leurs vêtements, et voilà que tout à coup on ne veut plus être le miteux qui n'apitoie personne mais le démerdard qui épate les copains. Alors on pique un vélomoteur tout neuf dans la cour d'un immeuble cossu de la rue Vieille-du-Temple.

Et quand on est flic, qu'est-ce qu'on fait, dans ce cas-là ? On laisse courir ?... Il recommencera demain puisque ça ne coûte rien. On le défère devant le juge pour enfants ? Un marteau-pilon pour écraser une noisette !... Le problème, avec les mineurs, c'est qu'on ne peut pas les incarcérer. Alors, évidemment, ils récidivent. Mais le problème, avec la prison, serait que le remède se révélerait pire que le mal. Mêlé à des malfaiteurs endurcis qui roulent des mécaniques, le petit délinquant sortirait truand...

La loi n'a rien prévu de sérieux et d'efficace entre le laisser-aller et l'enfer carcéral. Bertin, jadis, avait adressé, par la voie hiérarchique, un rapport à la chancellerie où il préconisait la création d'établissements spécialisés qui isoleraient de la société les petits voyous de tout poil, avec droit de visite, cependant, et où ils poursuivraient leur scolarité ou apprendraient un métier, selon leurs dispositions. Une prison-école-atelier, en quelque sorte, en pleine campagne, dans un cadre encourageant et sous l'autorité d'éducateurs et de moniteurs très bien formés. On ne lui avait jamais répondu…

Avec son petit voleur de vélomoteur, Bertin, ce jour-là, avait choisi de faire appel à l'assistante sociale, qu'il connaissait bien :

– Prenez-le dans votre bureau et tâchez de lui faire comprendre que lorsqu'il pourra, en travaillant, se payer un vélomoteur ou une auto, il n'apprécierait pas beaucoup qu'on le lui fauche. Accompagnez-le chez les gens qui ont porté plainte. Essayez de le convaincre de manifester un peu de contrition, si c'est possible, et demandez à ces gens de bien vouloir retirer leur plainte en leur expliquant la situation. Mais dites aussi au gamin que s'il recommence, c'est la prison ferme qui l'attend. Il est fiché, repéré, et on a ses empreintes. Enfin faites pour le mieux, vous avez l'habitude. Turcot ira voir ses parents. Lui aussi a l'habitude…

La vieille femme, assise devant son bureau, le buste penché et les mains sur les genoux, attendait. Seul son regard semblait vivant, un regard qui suppliait, un regard qui espérait…

Bertin la regarda bien en face :

– Pour cette fois, madame, je vais passer l'éponge. Mais promettez-moi de ne pas recommencer.

Elle se leva d'un bond, les larmes dans les yeux :

– Oh, merci, monsieur le commissaire ! Je vous le jure !

Elle se retira en multipliant les courbettes. Pauvre femme !... Et puis c'était vrai, ce qu'elle avait raconté. Avec le RMI, on ne va pas loin. Et c'est vrai aussi qu'au terme d'une vie de misère, l'envie soudaine d'un petit rayon de soleil peut vous faire commettre une bêtise...

Après son départ, Bertin appela le brigadier Berthomieu :

– Alors, Berthomieu, vous avez vu le labo ? Qu'est-ce qu'elles nous racontent, ces empreintes chez Marcel Winter ?

– Comme vous le pensiez, monsieur le divisionnaire, rien qui fasse avancer l'enquête. Nous n'avons relevé que celles de M. Winter, de Mme Cordier et de la bonne. Ou bien l'assassin a opéré avec des gants, ou bien il n'a touché à rien.

– La porte, quand même. Il a forcément touché la porte. Mais les empreintes, ça s'efface avec un mouchoir. Qui n'a pas vu à la télé un film policier ?

– Votre enquête avance ?

– Parfois je le crois, et parfois j'en doute…

– Vous avez Mme Cordier, quand même ?

– Oui, bien sûr. Je l'ai longuement interrogée. Ce qui plaide contre mon hypothèse est le fait qu'elle estimait profondément et aimait à sa manière Marcel Winter. Ce qu'elle m'en a dit ne trompe pas. Certes, il y avait de l'eau dans le gaz et elle s'inquiétait de la distance qu'il avait mise entre eux. Je crois même qu'elle suspectait une passade, une amourette de crépuscule, un petit coup de folie. Mais, si cela était, elle passerait l'éponge, j'en suis convaincu. Ils étaient plus amis qu'amants. Ce qui plaide, par contre, en faveur de mon hypothèse, c'est son intelligence et son sang-froid. C'est une femme supérieure, dotée d'un cerveau supérieurement agencé. Ajoutez à cela qu'elle aime l'argent et aime aussi le dépenser… Oui, qu'est-ce que c'est encore ?

Turcot, toujours lui, qui voulait savoir ce qu'il devait faire d'un SDF complètement ivre qu'on avait cueilli à l'angle de la rue de Béarn et de la rue Saint-Gilles où il insultait grossièrement les passants.

– Eh bien mettez-le dans la cage, Turcot, où est le problème ?

– Elle est pleine, monsieur le divisionnaire.

Bertin leva les bras au ciel, excédé :

– Vous allez bientôt me demander de balayer le commissariat ! Débrouillez-vous !

Bertin se leva pour aller aux toilettes. En passant devant le bureau de son adjoint, il vit, à travers la vitre, un grand escogriffe, chevelu jusqu'aux épaules, qui gesticulait comme un possédé. Intrigué et amusé, il poussa la porte.

– De quoi s'agit-il, Albert ?

– Monsieur que voici a été dénoncé par un voisin. Il paraît qu'il battait sa femme comme plâtre. Et elle hurlait ! Et elle hurlait !...

L'escogriffe se tourna vers Bertin :

– Vous vous rendez compte, monsieur le directeur...

– Commissaire divisionnaire.

– ... monsieur le commissaire divisionnaire. Moi et ma femme on fait équipe depuis plus de dix ans. J'ai jamais levé la main sur elle ! Jamais un mot plus haut que l'autre ! On regardait la télé, bien tranquillement, comme tous les soirs. Et voilà ce jobard qui tape à la cloison... Faut vous dire que dans les HLM, on entend tout. Les murs, c'est du papier mâché. « Arrêtez ça ! » qu'il me crie. J'ai cru qu'il parlait de la télé qui marchait trop fort. Alors j'ai baissé le son, mais il a recommencé, l'imbécile : « Arrêtez ça ou j'appelle la police ! » Et il l'a fait, ce con !

– Et il a eu raison. Non-assistance à personne en danger, vous savez ce que cela veut dire ?

– Mais personne n'était en danger, monsieur le dir... monsieur le commissaire divisionnaire !

– Au fait, qu'est-ce que vous regardiez, à la télévision ?

– *La Mégère apprivoisée*, avec Liz Taylor.

Bertin porta une main sur sa bouche pour masquer son hilarité et sortit rapidement de la pièce.

Quand il eut ri tout son comptant dans le couloir, il regagna son bureau et sortit d'un tiroir un dossier sur lequel s'étalait en capitales : « AFFAIRE BERTIN. »

Il l'ouvrit en soupirant. Pour faire quelque chose. Le dossier était presque vide. Le commissariat, par contre, était presque plein. Presque plein de petits problèmes, de petits délits, de petites dénonciations, de petits malheurs…

C'était une journée ordinaire. Très ordinaire.

Celle de Mireille Chaprisot l'était aussi.

Comme tous les mercredis, elle préparait la réunion de travail du jeudi matin. L'ordre du jour en serait chargé. On y présenterait, en particulier, le nouvel audimètre qui, placé dans un panel de mille cinq cents foyers recrutés aux quotas, recueillerait chaque jour les audiences des chaînes de télévision. Cet équipement, doté d'une caméra miniaturisée ultrasensible, saisirait mieux que le modèle actuel le comportement physique des membres du foyer : présences actives devant le récepteur, courtes absences, arrivées et départs, et même écoute inattentive.

Le R25 répondait à une préoccupation que Mireille avait, en réunion, fréquemment exprimée : cerner avec plus de précision la qualité d'écoute des téléspectateurs et, ensuite, croiser cette information avec les données issues de l'enquête « disponibilité ». Le nom du programme découlait de sa fonction : « Présence et disponibilité. »

Pour les agences et les annonceurs abonnés aux résultats d'audience, ces éléments affineraient sensiblement l'impact réel des spots sur le public et, le cas échéant, permettraient de mieux ajuster les coûts-minute selon les tranches horaires.

Vers 15 heures, Patrice Costa vint lui prêter main-forte. Comme tous les cadres supérieurs de la Sofres, il n'ignorait rien du drame dont la rue Villehardouin avait été le théâtre et sa première question porta naturellement sur l'enquête en cours :

– Est-ce que ça avance, Mireille ?

– Pour être franche, je n'en sais vraiment rien. Bertin est très secret. D'ailleurs, il n'a pas de confidences à nous faire. Nous savons qu'il suit plusieurs pistes, mais laquelle est la bonne ? Motus et bouche cousue.

– On peut le comprendre. Ébruiter des soupçons aboutirait à alerter et mettre en garde le coupable. Sait-on au moins comment il est entré chez votre oncle ?

– On sait seulement que la serrure n'a pas été forcée. Ça ne mène pas loin !… Bon, et si on travaillait ?…

Ils se penchèrent ensemble sur le programme de la réunion. Il prévoyait également une réflexion collective sur un vieux cheval de bataille : la mesure de la qualité des programmes. Aucune notion n'est plus subjective que celle-là. Le Centre d'études d'opinion, jadis, l'avait mesurée à travers un questionnaire adressé aux panélistes. Ils classaient par ordre d'importance, à leurs yeux, douze caractéristiques qui identifient un programme dit de qualité et, sur la feuille d'audience, ils affectaient une note à chaque émission regardée, elle-même résultant de la moyenne pondérée des critères qualitatifs retenus. Cette mesure, exigée à l'époque par le gouvernement pour répartir équitablement la redevance entre les chaînes du service public, s'était révélée financièrement coûteuse. Certains avaient même critiqué la pertinence des algorithmes. Mais, depuis quelque temps, des voix s'élevaient, ici ou là, et des interrogations circulaient dans le monde toujours anxieux des annonceurs. La publicité n'était-elle pas mieux accueillie, mieux écoutée et plus incitative quand le programme qui la précède a pleinement satisfait le téléspectateur ? À l'inverse, un programme décevant n'amène-t-il pas le téléspectateur à changer de chaîne avant le générique de fin et, ainsi, à sucrer l'écran publicitaire ?...

Mireille et Costa s'étaient vu confier le soin de concevoir et de proposer une enquête préalable, à la fois par voie postale et à domicile, de façon à présenter une approche chiffrée du problème.

Costa parti, la pensée de Mireille s'envola de nouveau vers Marcel Winter. Elle souhaitait vivement que le mystère qui entourait le meurtre fût éclairci au plus tôt car elle voyait bien à quel point il obsédait Sébastien. Il ne travaillait plus, il passait des heures en supputations, il jetait sur le papier des hypothèses dont il faisait ensuite une boulette...

À 18 h 30, elle descendit au parking de la Sofres et, au volant de sa petite Fiat, elle émergea rue Barbès, à Montrouge.

Elle rentrait chez elle tous les soirs à la plus mauvaise heure, celle de tous les bouchons, mais comment faire autrement ? Des milliers de Parisiens tombent ensemble dans le même piège. Ce jour-là, elle décida d'essayer un nouvel itinéraire et elle s'engagea sur le boulevard des maréchaux.

Ce n'était pas mieux. Elle ne mit sa clé dans la serrure qu'à 19 h 15. Sébastien était rentré un quart d'heure plus tôt. Il avait mis le couvert et fait réchauffer la daube provençale de la veille. Tiburce qui, à l'heure des repas, rôdait toujours autour des casseroles, annonçait qu'il y goûterait, lui aussi.

VII

Jeudi, 9 h 45

Beaucoup de monde, dans l'église.

Au premier rang, Sébastien, Mireille, un couple de cousins éloignés qui résidaient en banlieue, une vieille dame qui s'était présentée mais dont personne n'avait compris le nom ni le degré de parenté, Albert Bricout, le directeur général de la Régie immobilière, Pierre Moustiers, le « patron » de *Notre Temps*, Jacques Devillers, le commissaire divisionnaire Paul Bertin et la brave Émilienne. Derrière, le personnel de la Régie immobilière et de *Notre Temps* occupait les prie-Dieu sur quatre rangées. Et puis des têtes, beaucoup de têtes, les unes connues, d'autres anonymes. Marcel Winter avait très peu de famille, mais il fréquentait la cour et la ville, et des amitiés fidèles avaient accompagné sa courte existence. Officier de la Légion d'honneur et médaillé de la Résistance, il avait droit au drapeau tricolore qui drapait son cercueil. Les représentants des associations de combattants et de résistants, dont il était membre, avaient tenu à s'associer à ce dernier hommage. Leurs couronnes, barrées d'un calicot, voisinaient avec un amoncellement de gerbes dignes d'un chef d'État.

L'office fut sobre, mais de qualité. Mireille avait choisi, avec le curé, les chants qu'interpréterait la belle chorale Alma Mater et le maître Corbucci officiait aux grandes orgues. Elle avait décidé que, à la fin de la cérémonie, on ferait grâce à l'assistance des condoléances à la famille, une tradition éprouvante pour tout le monde, et, en silence, on reflua vers le parvis, rue de Rivoli, où trois mendiants professionnels misaient sur la douleur des autres pour adoucir la leur.

Derrière le corbillard, quatre voitures prirent la direction du Père-Lachaise. Bertin emmenait avec lui Sébastien, Mireille et Émilienne.

Un soleil voilé, accordé à l'instant, baignait d'une lumière douce l'alignement des tombes de cet étonnant champ de repos des trépassés. Le chagrin, les regrets, le désespoir ou l'hommage des vivants s'exprimaient sous toutes les formes, de la modestie à la démesure. De stupéfiants monuments voisinaient avec de pauvres tombes grillagées, rongées par la rouille et le temps. Le ridicule côtoyait l'émouvant. Ici, la ferveur renouvelée des fleurs fraîches, là, l'oubli le plus total. Des chats qui n'appartenaient à personne tenaient concile à l'ombre d'un cyprès ou se pourchassaient en silence…

On chemina longtemps dans les allées avant d'atteindre la concession que Marcel Winter, de longue date, s'était réservée et où Romuald l'attendait. Là était, pour lui aussi, le bout de la route. Là le temps des adieux terrestres avant les retrouvailles célestes…

À 13 h 15, Sébastien et Bertin se présentèrent au Bar à Huîtres, où ils furent aussitôt conduits à leur table. On les débarrassa de leurs manteaux et ils plongèrent du nez dans la carte.

– Que diriez-vous d'un grand plateau de fruits de mer ? suggéra Bertin. C'est la spécialité de la maison et, pour ce qui me concerne, cela me suffira amplement compte tenu des moments que nous venons de vivre.

– Je vous suis, approuva Sébastien.

Dès qu'ils furent servis, Bertin entreprit d'informer son invité de ses récentes découvertes : la double vie de Marcel Winter, l'existence de la petite manucure qu'éblouissaient les largesses de son généreux amant, le projet de testament qui déshéritait Cécile Cordier au profit de Suzy Maillard, l'absence d'empreintes étrangères que le laboratoire confirmait…

Ces révélations laissèrent Sébastien songeur et un peu abasourdi :

– C'est très troublant, je l'admets, mais je connais bien Cécile. Je ne l'imagine pas une seconde tirant un coup de revolver sur quelqu'un, et moins encore sur Marcel, ni par intérêt, ni par jalousie.

– Moi non plus, j'en conviens. Et pourtant il faut bien que quelqu'un l'ait fait ! Elle avait un mobile et les clés de l'appartement…

– Elle n'est pas la seule que la disparition de mon oncle arrange ou rassure. J'ai quelques petites idées sur la question.

Bertin, en souriant, le menaça du doigt :

– Mèneriez-vous une enquête dans mon dos ?

– Ce n'est pas le mot qui convient… Disons que les circonstances et le hasard m'ont permis d'apprendre des choses troublantes.

– Lesquelles par exemple ?

– Savez-vous qu'il y a un peu plus d'une semaine, Marcel a signé personnellement l'ordre d'expulsion immédiate d'un locataire qui ne payait plus son loyer depuis six mois ? Ce Kaminsky était fiché au grand banditisme. Il avait fait cinq ans de prison, mais faute de preuves formelles, il avait coupé à l'accusation de meurtre, malgré l'intime conviction des juges. Sur le moment, je n'ai pas fait le rapprochement. Et puis cette coïncidence m'a trotté dans la tête. J'ai voulu en savoir davantage et je suis allé voir le commissaire du huitième arrondissement, où résidait Kaminsky. Je savais que mon oncle avait eu affaire à lui pour l'une de ses enquêtes, et il m'a reçu très aimablement. Eh bien cette expulsion tombait au plus mauvais moment pour le truand. Il s'apprêtait à conclure une transaction, qui recouvrait bien sûr une arnaque, et dans laquelle son standing supposé, Rolls et appartement avenue Montaigne, jouait un rôle capital. On sait tout cela parce qu'il a été arrêté mardi. Ne pensez-vous pas qu'il ait voulu se venger de celui qui ruinait ses combinaisons ?

– Intéressant. Mais je doute quand même qu'un voyou de cette envergure ait pris un risque aussi réel pour le seul plaisir d'assouvir une vengeance. Je connais bien ce genre d'individu : il ne fait rien qui ne soit utile. Et puis, dites-moi, comment est-il entré ? Je ne pense pas que Marcel aurait introduit un inconnu qui sonnait chez lui à 17 heures, un dimanche, sans s'être annoncé, et sans rendez-vous. Mais comme tout est possible, pour vous faire plaisir et au point où j'en suis, je n'écarterai pas d'emblée cette piste.

– Il est certain que vous connaissez mieux que moi cette faune…

– À fréquenter la pègre, comme nous sommes obligés de le faire, on finit par comprendre les ressorts cachés du comportement des criminels, deviner leurs motivations, prévoir leurs réactions.

– C'est amusant, Devillers, l'autre jour, me disait la même chose ! Il fait un peu le même métier que vous à ceci près que son objectif n'est pas l'arrestation des malfaisants mais le récit et la publication de leurs tristes exploits. Il me disait qu'à la longue, il s'établit une sorte de compréhension mutuelle, de professionnel à professionnel. Et c'est vrai que depuis plus de dix ans, il baigne dans l'univers trouble et un peu fascinant de la grande délinquance, trinque dans des bars louches avec des voyous, joue des rivalités des caïds pour soutirer à l'un des renseignements sur l'autre, traite princièrement au Crillon des bandits de grand chemin, ce que mon oncle ne pouvait pas se permettre en raison de sa notoriété... Il se comparait même aux chasseurs qui affirment aimer les bêtes qu'ils tuent. Il en était venu, à l'occasion, à copier les méthodes des malfrats... Lui ne m'a rien dit à ce propos mais l'un des journalistes avec lesquels il travaille m'a confié qu'un jour il n'a pas hésité à assommer un gardien de nuit pour dérober un document capital dans un bureau dont il avait fracturé la porte.

– Winter n'allait pas jusque-là ! Devillers, vous le connaissez mieux que moi. Conseillez-lui donc de se calmer, sans quoi il va se retrouver un jour au gnouf, dans la même cellule que son gibier.

– Je le lui dirai, c'est promis.

– En tout cas, pour lui, la disparition de votre oncle n'a pas de conséquences pour sa carrière, au contraire. Certes, il en est très affecté car il vouait à Winter une véritable vénération, mais il peut prendre en main sans complexe la direction du Service des enquêtes. Avec Winter, il a été à bonne école et il n'a plus rien à apprendre... C'est comme Moustiers. Il gère parfaitement son affaire que Winter, du reste, ne supervisait que de très loin.

– Curieux personnage, ce Moustiers ! Assez énigmatique et déroutant... Êtes-vous au courant du coup de gueule que mon oncle a poussé en découvrant que son reportage sur la prostitution enfantine avait été saccagé ?

– Évidemment ! Je mène une enquête, figurez-vous ! Pensez-vous que je reste assis toute la journée, le cul dans mon fauteuil, en attendant que les alouettes me tombent toutes rôties dans le bec ?

– Pardonnez-moi, commissaire, je crois vous avoir blessé...

– Ça ne va pas jusque-là.

– Quand je l'ai rencontré, lundi, pour lui annoncer une nouvelle qu'il connaissait déjà, je l'ai trouvé très préoccupé. Il n'a pas été très explicite, mais j'ai bien senti qu'il se demandait si le rendez-vous que mon oncle avait pris avec le notaire ne résultait pas directement de cette grosse bavure.

– Il pouvait en effet se poser la question. En tout cas, le voilà rassuré... En dehors de ce Kaminsky, avez-vous d'autres candidats à la guillotine, mon cher collègue ?

– Affirmatif. Savez-vous qu'un jeu des clés de Marcel se promène dans la nature ?

– De qui tenez-vous ça ?

– Mon oncle, il y a un mois, avait fait changer les serrures de sa porte d'entrée. Il le fait tous les ans pour être sûr d'être protégé par le plus récent système. Eh bien le gérant de la maison Bourgeois, qui s'était chargé du travail, s'est récemment aperçu que son ouvrier avait commandé à l'atelier quatre jeux de clés alors que trois seulement ont été livrées. Or, depuis, cet ouvrier a disparu comme par enchantement…

Bertin, tout à coup, redevint sérieux :

– Mais c'est très important ce que vous me dites là ! Je n'ai à aucun moment exclu la possibilité d'un crime crapuleux, sachez-le. Cela expliquerait aussi le désordre qu'on a trouvé dans l'appartement. Connaissez-vous le nom de l'ouvrier ?

– Oui. Bastien Chanteloup. Peu après avoir travaillé chez mon oncle, il a demandé un congé de deux jours pour aller enterrer son père qui venait de mourir à Mulhouse.

– Et là-bas, on ne l'a pas retrouvé ?

– Pas la moindre trace du lascar.

– On a alerté la police ?

– Oui, bien sûr. Ça n'a rien donné.

– Donnez-moi le nom de ce gérant et l'adresse de sa société. Je vais aller le voir.

Sébatien les lui dicta.

– À propos, ajouta Bertin, nous n'avons pas retrouvé dans l'appartement les objets dont vous nous aviez signalé la disparition. Peut-être même y en avait-il d'autres que vous n'aviez pas remarqués et qui se sont aussi évaporés ? Cela pourrait confirmer l'hypothèse que nous évoquions à l'instant... Dans ce genre d'affaire, on va parfois chercher très loin ce qui vous crevait les yeux. On imagine des plans machiavéliques, on cuisine l'entourage, on échafaude des scénarii tortueux et, total, un petit voyou passait par là, avec un passe et un culot monstre... On voit ça tous les jours. L'occasion fait le larron, et ce n'est pas moi qui l'ai inventé. Mais la criminologie réserve bien d'autres surprises ! Savez-vous, par exemple, que la majorité des homicides sont le fait de gens jusque-là irréprochables et dont nul ne pouvait penser qu'ils régleraient un contentieux au fusil de chasse ? Avez-vous lu, dans le journal d'hier, l'histoire de ce paisible retraité de l'EDF qui a truffé de plombs son voisin ? La raison, je vous la donne en mille : le voisin en question refusait d'élaguer son cèdre qui avait trop grandi et faisait de l'ombre aux tomates du brave homme... Et celle de cet employé modèle, victime d'une compression d'effectifs, et qui a descendu son ex-patron au 22 long rifle ? Entre brusque coup de sang et vengeance longuement mûrie, voyez tous ces pères tranquilles qui, un jour, pour un mot de trop ou à bout de patience, se font justice sans en mesurer les conséquences !… Mais pour en revenir à votre serrurier, mon cher collègue, vous avez levé là un lièvre de belle taille. Compliments. Je vais orienter mon enquête de ce côté-là… On y va ?

Alors que la dame du vestiaire l'aidait à enfiler son imperméable, le commissaire Bertin se tourna vers Sébastien :

– Il y a une autre hypothèse…

– Laquelle ?

– Et si votre serrurier avait opéré pour quelqu'un d'autre ?

– Vous voulez dire, quelqu'un qui l'aurait soudoyé pour qu'il ouvre la porte ?

– … Et, peut-être même, faire le travail à sa place, qui sait ?…

– Quand même ! Un ouvrier serrurier !…

– Le crime recrute dans tous les milieux. Savez-vous où les cambrioleurs vont chercher parfois leurs informateurs ? Chez des artisans qui viennent chez vous effectuer un petit boulot. On travaille, on regarde autour de soi, on repère et on refile les bons tuyaux au compère… Bon, à propos de travail, assez pour aujourd'hui !

Ils se séparèrent sur le trottoir. Sébastien rentra chez lui à pied.

Par la rue Saint-Gilles, il regagna la rue Villehardouin et là il tomba sur Tiburce qui arpentait le trottoir.

– Bonjour, le chat. Tu restes là ou je te remonte ?

– Je t'accompagne.

Sébastien ouvrit le portail et Tiburce piqua droit sur la porte du rez-de-chaussée.

– Ouvre-moi, s'il te plaît.

– Encore ? Mais tu as passé des heures, hier, chez Oncle Marcel ! Qu'est-ce qui t'intéresse tant chez lui ?

– Je cherche un signe.

– Un signe pour moi ?

– Pour toi, pour Mireille, pour moi, mais pour personne d'autre.

– Alors c'est pour ça que tu explores sa chambre ? Parce que personne n'y entrait ?...

– Oui, c'est pour ça.

– Je sais bien que vous les chats, vous remarquez tout de suite, et plus vite que nous, le moindre petit changement dans une pièce, je l'ai remarqué souvent. Si un bout de papier traîne sur le parquet, tu vas droit dessus : « Tiens, ça n'était pas là tout à l'heure... » Alors, ton signe, c'est peut-être quelque chose qui ne devrait pas être là, ou qui n'est pas à sa place ?...

– Peut-être. On le saura quand j'aurai trouvé. Ouvre-moi.

– Je te promets qu'on y retournera ensemble. Mais là je suis fatigué, et comme les clés de Marcel sont là-haut, je n'ai pas envie de me taper deux fois les trois étages. Tu comprends ?

– Tant pis pour toi, soupira Tiburce.

Et, résigné, il le suivit au troisième.

Bertin, rentré au bureau, ruminait sa conversation avec Sébastien. La piste du serrurier méritait d'être présentée au juge d'instruction. Il la jugerait sans doute plus solide que celle qui menait à Cécile Cordier. Fallait-il pour autant abandonner celle-ci ? Rien ne l'imposait. Il est rare, dans ce genre d'affaire, que l'on n'ait qu'un suspect dans le collimateur.

Pour anticiper les questions, la bonne méthode consiste à se mettre à la place de celui qui les posera. Ce qu'il fit. « Et ce revolver, demanderait Mignot, vous ne l'avez toujours pas retrouvé ?...Si le meurtrier est quelqu'un d'extérieur à la maison, il est reparti avec, c'est évident. Mais s'il s'agit de Mme Cordier, comme vous l'aviez envisagé, il est toujours chez elle... »

On pouvait lever sans difficulté cette supposition : il suffisait d'aller voir...

Il décrocha son téléphone et sollicita du juge un mandat de perquisition. Deux heures plus tard, un coursier le lui apportait. Dans le bureau voisin, il mobilisa deux agents en civil, récupéra Lucien, son chauffeur habituel, et entraîna son monde vers la voiture :

– Je vous expliquerai en route.

Cécile était chez elle et cette intrusion en force la surprit fort. Bertin expliquait :

– Je suis navré de m'imposer sans m'être annoncé, madame Cordier, mais je suis obligé de procéder à une perquisition de principe. Dans toute affaire criminelle, les premiers suspects sont, souvent, l'entourage, et la sagesse commande d'innocenter au plus vite ceux qui n'ont rien à se reprocher.

– C'est mon cas, commissaire.

– J'en suis sûr, madame. Considérez donc qu'il s'agit là d'une visite de routine qui prendra peu de temps. (Il se tourna vers ses agents.) Vous, Ménard, vous prenez le séjour et le bureau. Vous, Groslier, la cuisine et la salle de bains. Je me réserve la chambre.

Et il s'y rendit.

Sur le lit, une valise où s'empilaient déjà des vêtements était grande ouverte. Bertin revint dans le séjour :

– Vous partiez en voyage, madame ?

– Oui. J'ai un frère qui habite Los Angeles. Il m'a invitée à passer deux semaines chez lui. J'ai besoin de me changer les idées, ça vous étonne ?

Bertin ne répondit pas et revint dans la chambre pour poursuivre son inspection.

Dix minutes plus tard, il en ressortait. Il avait l'air abattu. Dans un mouchoir, il tenait un revolver par le canon.

– Et ça, madame Cordier ?... Je l'ai trouvé dans la table de nuit...

– Ça c'est mon revolver. Marcel me l'avait donné après que j'aie été agressée en plein jour par deux voyous.

– Racontez-moi ça.

– Deux hommes se sont présentés, un après-midi, avec la casquette de l'EDF sur la tête, pour relever le compteur. Je ne me suis pas méfiée. Ils m'ont tout de suite braquée – c'est comme ça qu'on dit ? –, mais à ce moment-là quelqu'un a ouvert le portail de l'entrée, elle est tout près. C'était Sébastien qui rentrait. Ils ont préféré décamper. Depuis j'ai peur.

– Un Beretta… Vous avez un permis de port d'arme ?

– Non.

– Vous êtes dans la plus totale illégalité, vous le savez ?… D'où vient-il ?

– Le père de Marcel l'avait ramassé sur un officier italien tué au combat. En Tunisie ou en Italie, je ne me souviens plus. Marcel le gardait en souvenir.

Bertin soupira :

– Je suis désolé, madame Cordier, mais je suis obligé de vous mettre en examen. Vous allez m'accompagner chez le juge d'instruction. Où est le téléphone ?

Elle le lui indiqua.

Oui, le juge pouvait les recevoir. Arrivés au tribunal, Bertin et Cécile montèrent au premier étage et s'annoncèrent.

Albert Mignot, le juge d'instruction, devait approcher la quarantaine. Il se donnait beaucoup de mal pour rendre sévère un visage avenant, reflet d'un caractère enjoué, et son regard, d'une rare mobilité, voletait du plafond à ses dossiers, et de ses interlocuteurs à la fenêtre. Néanmoins, il écouta attentivement le compte rendu que lui fit Bertin mais il prit son temps pour annoncer sa décision :

– Il y a trop d'indices concordants dans votre cas, madame Cordier. Je me vois contraint de vous placer en détention provisoire. Le commissaire Bertin va vous raccompagner chez vous pour que vous puissiez prendre quelques affaires et annuler votre voyage. Je vous rassure quand même : la détention provisoire n'est pas l'incarcération.

Cécile ne réagit pas. Elle se leva avec beaucoup de dignité et, se tournant vers Bertin :

– Je suis à vous, commissaire.

VIII

Ce même jeudi, 17 h 30

Sébastien raccrocha.

Il était livide.

– Qu'est-ce qui ne va pas ? demanda Mireille.

– On a trouvé un revolver dans le tiroir de la table de nuit de Cécile. Elle a été arrêtée.

Mireille s'assit, accablée.

– Mon Dieu !... (Un long silence.) Ça ne tient pas debout ! Si c'était elle, elle l'aurait caché !

– Elle ne pouvait pas imaginer que Bertin viendrait perquisitionner.

Tiburce se planta devant Sébastien :

– Je voudrais descendre.

Sébastien ne l'entendit pas : il avait la tête ailleurs. Mireille, elle, regardait le chat. Au bout d'un moment, elle murmura :

– Sébastien... Tu ferais bien d'écouter Tiburce.

– Moi, je veux bien... Si seulement je savais ce qu'il veut...

– Il s'est passé quelque chose d'important dans la chambre de Marcel, et il le sait. Il y va toujours tout droit. Ce n'est pas sans raison.

– Je t'accorde que les chats ont des perceptions très supérieures aux nôtres. Par exemple, quelle que soit l'heure à laquelle tu rentres, Tiburce sait que tu arrives et il se précipite à la porte pour t'accueillir alors que ta voiture est encore rue de Turenne. Je l'ai constaté cent fois.

– Tu vois bien ? Quoi d'étonnant alors à ce qu'il perçoive aussi la présence rémanente de Marcel ?

– D'accord. Mais pourquoi dans cette pièce plus que dans les autres ?

– Sans doute parce que, dans cette chambre, sa présence a une densité particulière.

– Qui tiendrait à quoi ?

– Je ne sais pas, moi… Peut-être à une décision importante qu'il aurait prise là et à laquelle il aurait beaucoup réfléchi ?

– Admettons. Mais Tiburce cherche quelque chose de concret, lui, et pas le relent d'une présence !

– Et si cette réflexion et cette décision se trouvaient matérialisées, d'une façon ou d'une autre ? C'est cela que chercherait Tiburce !… Plutôt que d'enfiler des suppositions comme des perles, ce que nous sommes en train de faire, tu ferais mieux de faire confiance à ton chat.

– Eh bien, entendu !... Tiburce, on va chez Oncle Marcel.

– Ah tout de même ! soupira Tiburce. Suis-moi.

Et il se dirigea vers la porte.

Sébastien quitta son fauteuil :

– Tu as les clés, Mimi ?

Elle les lui tendit.

– Allons-y, Monsieur-je-sais-tout.

Et ils descendirent tous deux au rez-de-chaussée. Par la force des choses, Émilienne avait reçu son congé et l'appartement, vide et sombre, semblait sinistre. Le premier soin de Sébastien fut d'ouvrir quelques fenêtres pour faire entrer un peu de vie dans cet univers d'outre-tombe. Il se dirigea vers le bureau de Marcel Winter.

– C'est pas là, dit Tiburce avec autorité.

Le fait est que l'on ne pouvait rien y trouver. Des scellés avaient été apposés sur tous les tiroirs du meuble où travaillait Winter, en attendant la fin de l'enquête. Y toucher vaudrait à Sébastien de sérieux ennuis. Tiburce avait disparu...

Sébastien le découvrit comme prévu dans la chambre de l'oncle. C'était une belle pièce dont les deux hautes fenêtres s'ouvraient sur un jardin planté d'arbres, squelettiques en cette saison. Un lit très large en occupait le centre. Deux fauteuils lui faisaient face et encadraient une ravissante table Louis XVI. À droite et à gauche du lit, des rayons garnis de beaux livres d'art que Winter aimait feuilleter avant de se coucher. Toute la collection Mazenod-Citadelle trônait là, en bon ordre. Winter était un homme méticuleux qui aimait que les choses fussent à leur place, bien rangées. Au pied de la bibliothèque de gauche, Tiburce levait son petit nez rose :

– C'est là.

Sébastien suivit son regard et quelque chose d'insolite frappa aussitôt son attention. Entre « Sumer » et « Assur » dont les dos enluminés luisaient faiblement, une grossière et épaisse chemise cartonnée, d'un rouge vif, dépassait légèrement. Il leva le bras et la tira vers lui. Puis il prit place dans l'un des fauteuils et ouvrit la chemise.

Il reconnut aussitôt l'écriture nerveuse et serrée de son oncle. Il y avait là une cinquantaine de feuillets, au moins, et, sur le premier d'entre eux, un titre en capitales : « LE RÉSEAU VENTURI. » Pas besoin d'être grand clerc pour comprendre : il s'agissait de l'enquête en cours de Marcel Winter. Mais que diable faisait-elle là ? Et pourquoi ce titre ?...

Il posa le dossier sur la table pour réfléchir.

Une hypothèse s'imposait : ce devait être un gros morceau, une affaire qui mettait en cause de dangereux personnages. Winter recevait beaucoup, et pas seulement des amis, mais personne n'entrait jamais dans sa chambre, à part Cécile. Les cachettes les plus bêtes sont parfois les plus sûres.

Il se plongea dans la lecture du document. Tiburce, comme rasséréné, s'était allongé sur le tapis persan qui recouvrait le parquet.

Le réseau Venturi gérait le plus important trafic de drogue qui avait la France pour destination. Plusieurs sources l'alimentaient : la Colombie, bien sûr, mais aussi la Turquie, l'Afghanistan, le Maroc. Héroïne, cocaïne et cannabis transitaient par mer ou par terre. Toute une flotte maquillée sous des pavillons de complaisance l'acheminait vers des destinations variées ; tantôt Barcelone, tantôt Brindisi, tantôt Port-Vendres, le plus souvent Marseille. Une grande société de transports routiers était également épinglée. Les itinéraires variaient, sans doute pour dérouter les douanes et les polices. Un croquis très précis les indiquait. Le nom de Jacques Devillers revenait souvent : « Devillers me dit que... », « Devillers a découvert... », « Devillers assure... ». Des noms aussi, beaucoup de noms. À Nice, à Paris, à Genève, à Marseille, à Barcelone. Des dates, également, associées à des événements décrits avec précision. Une accolade ou une flèche, parfois, rapprochait les uns des autres. Et puis des paradis fiscaux où se blanchissait l'argent sale, avec l'indication des établissements bancaires qui le lavaient sans scrupules. Deux autres journalistes de *Notre Temps* semblaient sur le coup, à un degré moindre, cependant. Sébastien ne les connaissait pas. Winter avait mis le paquet. Cette enquête serait une bombe.

L'heure tournait, mais Sébastien ne parvenait pas à s'arracher à sa lecture. De temps à autre, Tiburce ouvrait un œil et lorgnait dans sa direction, apparemment très content de lui.

La tête pensante du réseau se trouvait nommément désignée : Dino Venturi.

Décidément insaisissable, ce Venturi ! Quand on le croyait à Paris, il était à Marseille. Quand on le logeait à Grenoble, il venait de s'envoler... Un courant d'air. Un ectoplasme. Un fantôme...

Sébastien referma le dossier et le mit sous son bras :

– Il faut que je montre ça à Mireille.

Et ils remontèrent tous les deux.

Elle écouta avec attention le récit de la découverte. Puis elle suggéra :

– Je crois qu'avant toute chose il faudrait que tu rencontres Devillers. Il en sait normalement long sur la question.

– Tu as raison. Je lui téléphone demain.

– À ton avis, est-ce que cela a quelque chose à voir avec l'assassinat d'Oncle Marcel ?

– C'est une très sérieuse probabilité. Ce que l'on peut déjà dire, c'est que mon oncle se méfiait. L'idée d'aller cacher la rédaction de son enquête dans sa chambre, déjà…

– Peut-être se savait-il menacé ?

– Possible. Mais pourquoi par cette enquête plutôt que par une autre ? Il jouait tout le temps avec le feu ! Quand il a révélé la traite des femmes moldaves et russes, via la Roumanie et l'Albanie, il se mettait aussi à dos de puissants mafieux !

Mireille passa du coq à l'âne :

– Pendant que tu t'occupes de Devillers, j'irai rendre visite à Cécile. Tâche de savoir où elle est.

– Entendu.

Sébastien posa le dossier rouge sur son bureau :

– Je t'emmène dîner dehors.

– On a tout ce qu'il faut à la maison, tu sais ?

– Je n'en doute pas, mais ça nous changera les idées.

– Pas trop loin, alors. Ma journée a été fatigante et je voudrais me coucher de bonne heure.

– Allons à la succursale ?

– D'accord.

Ils appelaient « la succursale » le Café des Musées, à l'angle de la rue de Turenne et de la rue du Parc-Royal. Trois minutes à pied. Ce restaurant avait su conserver, en le rénovant et en l'embellissant, le décor « début de siècle » des bistrots parisiens, au charme suranné, si recherchés par les étrangers de passage. Il proposait des plats paysans, simples mais goûteux et abondants, tels qu'on les fait à la maison, quand on est doué et qu'on a du temps devant soi. Son autre atout résidait dans le fait qu'il ne fermait jamais. Ouvert sept jours sur sept, de 9 heures à minuit, il pratiquait le « service non-stop » au bénéfice des laborieux qui ne regardent pas leur montre à temps et des touristes qu'une petite faim taquine en plein mitan de l'après-midi, entre la visite de l'hôtel Carnavalet et le tour de la place des Vosges. Trois brigades de serveurs se succédaient pour satisfaire une clientèle composée, pour moitié, d'habitués. On se saluait de table à table, on échangeait nouvelles et poignées de mains, on se communiquait des informations culinaires sur le menu, et il en résultait cette chaude convivialité qui marque si fort les quartiers de Paris.

Jean-Claude Roux, le patron, accueillait ses hôtes avec affabilité. Où qu'il aille, Julien l'escortait. C'était un superbe berger allemand, admirablement proportionné, gentil comme un cœur et grand comme un veau. Cette amicale présence signifiait, sans qu'il fût besoin de le proclamer, qu'on pouvait, céans, venir avec son clebs, son perroquet ou son hamster : la maison accueillait, avec la même aménité, bêtes et gens.

Tiburce et Julien copinaient de longue date, même si le chat veillait à garder la distance qui sépare le client du petit personnel. Aussi, chaque fois que Mireille ne se sentait pas d'humeur à officier devant ses fourneaux et qu'on optait pour la succursale, Sébastien demandait :

– On emmène Tiburce ?

Et Mireille répondait :

– Naturellement.

Ce fut le cas ce soir-là. Comme à l'accoutumée, le tandem Jean-Claude Roux-Julien leur souhaita la bienvenue et les pilota jusqu'à leur table préférée, tout au fond de la salle. C'était une table à trois couverts car Tiburce, ayant sacrifié au rituel « truffe contre museau » de l'amitié, s'installait sur sa chaise, comme tout client bien élevé, et n'en bougeait plus. Il avait droit naturellement à son assiette et à son menu, du poisson, le plus souvent, qu'il dégustait très proprement au grand amusement des voisins.

Mireille et Sébastien passèrent leur commande et sans leur poser de questions oiseuses, Marc déposa devant eux un grand pichet de Brouilly.

– Bon, dit Sébastien, que penses-tu de tout ça ?

– Je crois comme toi que cette enquête sur les milieux de la drogue doit agacer messieurs les trafiquants. Mais de là à assassiner Oncle Marcel…

– C'est un monde impitoyable, tu sais, un monde qui brasse des milliards et qui n'a pas tellement envie de changer son train de vie.

– Il ne faudrait quand même pas s'embarquer sur une fausse piste. Tu l'as dit toi-même : la mort de ton oncle arrange bien des gens... Et puis ces mafieux savaient-ils seulement que Marcel enquêtait sur leurs activités ? Il ne l'avait pas crié sur les toits !

– Intuition féminine ?

– Non, simple bon sens... Dans l'immédiat, ce qui me préoccupe, c'est le sort de Cécile. Détention provisoire, lui a dit le juge... Mais il y a des milliers de gens en détention provisoire depuis des années ! J'ai entendu ce matin, sur France-Inter, que s'ouvre aujourd'hui un procès à propos d'un meurtre qui a eu lieu il y a quatre ans. Quatre ans ! Tu te rends compte ! Si l'innocence du type qui est en détention provisoire est démontré par son avocat, il aura purgé quatre ans de prison pour rien ! La justice en prend vraiment à son aise avec les présumés coupables.

– La justice manque de magistrats et de greffiers, tu le sais bien.

– Dans ce cas, on recrute ! On le fait bien pour les autres administrations !... Ça te plaît, Tiburce ?

On lui avait servi des sardines grillées étêtées dont il se léchait les babines. Comme la table n'était pas à son niveau, il s'était redressé et avait posé deux pattes dessus, de chaque côté de son assiette.

– Tu en as plein les moustaches ! le taquina Sébastien.

Tiburce se passa sur les vibrisses une patte en forme de gant de toilette :

– C'était bon ! dit-il avec conviction.

Mireille ne voulait pas de dessert, elle n'avait plus faim. Sébastien n'en prit pas non plus. Il ne restait plus qu'à payer et à rentrer.

Dehors, un petit grain les surprit. Mais il n'eut pas le temps de les mouiller vraiment.

IX

Vendredi, 10 heures

Bertin lui avait délivré sans difficulté un permis de visite qu'elle était passée prendre au commissariat, mais, comme la plupart des gens, Mireille n'avait jamais mis les pieds dans une prison. Celle de Fleury-Mérogis lui donna le frisson. Ces hauts murs rébarbatifs, ces lourdes portes et ces grilles, ces miradors à l'affût de la moindre anomalie, ces fenêtres cadenassées derrière lesquelles se devinait toute la misère du monde...

Dans le quartier des femmes, elle fut pilotée par d'interminables couloirs jusqu'à une petite pièce que meublaient deux chaises et une table de bois blanc fixée au sol, et elle attendit. Et puis Cécile fut introduite par une gardienne qui se retira.

Les deux femmes s'embrassèrent.

– Pas trop dur, ma pauvre Cécile ?

– On se fait à tout, vous savez… Non, les gens sont gentils. Je ne suis pas mal logée. Une chambre, pas une cellule. J'ai la télé, de la lecture, et beaucoup de temps pour réfléchir.

– Avez-vous pris un avocat ?

– Je n'en ai pas besoin. Je n'ai rien à me reprocher et je pourrai le prouver.

– Comment ?

– C'est fort simple et pas gai. J'ai un cancer très avancé. Je ne l'ai jamais dit à Marcel ni à personne d'autre. Des amies à moi y sont passées, elles aussi. On les a torturées avec des traitements prétendûment mirifiques et, total, elles sont mortes quand même après avoir souffert le martyre pendant des mois… Moi j'ai choisi de ne pas me soigner parce que ça ne sert à rien. J'ai vu mon médecin le mois dernier. J'en ai pour six mois, huit au maximum. Alors en quoi l'argent de Marcel pouvait-il m'intéresser ? J'étais certaine de mourir bien avant lui ! Et cela, mon médecin le confirmera.

– En effet, c'est un alibi en béton ! Mais l'avez-vous dit au juge d'instruction ?

– Ça n'aurait servi à rien. Il m'aurait répondu qu'il diligenterait une enquête, convoquerait mon médecin, étudierait le dossier, et Dieu sait quoi encore, et je me serais retrouvée tout pareil en cabane en attendant que ces messieurs se soient fait une religion. Et puis je voulais me changer les idées. Je vous promets que c'est fait !

– Avez-vous besoin de quelque chose ?

– Non, vous êtes gentille. J'ai tout ce qu'il me faut. J'ai pu téléphoner à mon médecin. Il vient me voir demain et m'apporte un certificat et une copie de mes derniers examens cancérologiques. Avec ça, je ne pèserai pas longtemps sur les finances de la République... Votre visite me touche beaucoup.

Mireille quitta la prison, rassurée et peinée.

De son côté, et à la même heure, Sébastien était en grande conversation avec Jacques Devillers, dans un bureau tranquille et isolé où ils se trouvaient seuls. Sébastien l'avait mis au courant de sa trouvaille, sans omettre, par honnêteté, de signaler qu'il la devait à Tiburce et, à présent, il lui posait la question à dix mille dollars :

– Pensez-vous qu'il puisse y avoir un rapport entre cette enquête et l'assassinat de mon oncle ?

Devillers semblait catégorique :

– Pour moi ça ne fait aucun doute. C'est la plus grosse affaire qu'ait jamais dénichée Marcel. Bertin vous le dira comme moi dès qu'il sera au courant.

– Je le mettrai au parfum, bien sûr. Mais il m'a un peu mis en boîte, hier, à propos de mes petites investigations, et je voudrais lui prouver que je ne suis pas plus bête que lui, ni plus naïf, même si je n'ai pas son expérience.

– Ne tardez pas trop, quand même. Cécile est au gnouf, vous venez de me l'apprendre, et plus vite nous mettrons Bertin sur la bonne piste, plus vite elle en sortira. Et puis, confidence pour confidence, j'ai très vite eu l'intuition que cette enquête pouvait être à l'origine du drame, mais je n'avais aucun moyen de le prouver. Je remettais à Winter, au fur et à mesure, mes comptes rendus de mission, mes interviews, mes observations et mes notes, il y ajoutait sa propre moisson et il faisait lui-même la synthèse. On n'envoyait l'enquête au traitement de texte que lorsque tout était terminé, relu, corrigé, illustré. Sans tous les détails qui figurent sûrement dans le document que vous avez trouvé, pour Bertin, cette enquête en vaudrait une autre. À présent, qu'attendez-vous de moi ?

– Que vous me disiez, déjà, ce que vous avez appris depuis et qui ne figure pas dans le manuscrit de mon oncle.

– Il faudrait que je prenne le temps de le lire. (Il se saisit de la chemise rouge que Sébastien avait apportée.) J'en ai, à ce que je vois, pour un bon moment. Mais je vais faire vite.

– Prenez votre temps. Je vais aller saluer Moustiers et me faire offrir un café.

Et il quitta la pièce.

Quand il revint, trente minutes plus tard, Devillers avait achevé sa lecture, un peu en diagonale pour ne pas trop faire languir Sébastien.

– Il y a une information, déjà, que je ne trouve pas là-dedans, à moins que cela ne m'ait échappé.

Nous savons maintenant, de façon certaine, que le quartier général de Venturi se trouve à Marseille, mais on ne sait pas où. Lopez me l'a téléphoné récemment.

– Qui est Lopez ?

– L'inspecteur de la brigade des stups avec qui je suis en relations et qui suit cette affaire. Nous avons beaucoup travaillé ensemble, même si ce n'est pas très orthodoxe. Mais c'est donnant donnant : je lui apporte les informations qu'il n'a pas et lui m'ouvre ses dossiers. La seule chose qu'il demande : n'être jamais cité dans l'enquête. C'est raisonnable.

– Quoi d'autre ?

– Laissez-moi réfléchir…

– J'ai trouvé Moustiers en grande forme.

– Oui, il a l'air d'aller.

– Mon oncle m'avait dit que c'est un anxieux, un dépressif.

– C'est ça et c'est plus que ça. Moustiers est un très grand professionnel, très compétent et bon gestionnaire, mais c'est aussi un personnage secret, vindicatif et calculateur. Il a toujours peur qu'on lui fasse de l'ombre. Par exemple, il me jalouse parce que j'étais dans les petits papiers de Winter… Il avait pris en grippe un journaliste de l'équipe, je n'ai jamais su pourquoi. Il lui a fallu deux mois pour le virer, mais il y est arrivé. Il épluchait ligne par ligne, mot par mot tout ce que l'autre écrivait, et quand il relevait une erreur, une faute d'inattention, une bourde, et ça arrive à tout le monde, il lui adressait une lettre d'avertissement recommandée avec accusé de réception. À la troisième, il a pu le licencier sans se soucier des prud'hommes. C'est ça aussi, Moustiers. On croit le connaître et, en fait, il est imprévisible… J'en reviens à notre affaire… J'ai sauté le récit de ce beau loupé, à Ventabren, parce que c'est moi qui le lui avais rapporté. Il a rajouté, me semble-t-il, un commentaire que je n'ai pas eu le temps de lire.

– C'est quoi ce loupé ?

– Lopez, par un indic, avait réussi à localiser l'un des labos où Venturi transforme ses saloperies de drogues pour les rendre commercialisables : une ferme isolée, non loin d'un petit village de Provence, Ventabren. Il a informé sa hiérarchie et monté un raid musclé. Dans la nuit, une escouade de gendarmes a encerclé la ferme qui abritait le labo… Elle était totalement vide, de la cave au grenier. Pas une éprouvette, pas une cornue, pas même l'ombre d'une trace de came ! Tout avait été déménagé et nettoyé la veille. Une petite ferme innocente, en somme, proprette et pimpante, avec, sur la porte, un avis de mise en vente récent… Il est diabolique, ce Venturi, moi je vous le dis !… Pour tout arranger, c'est un Frégoli. Dans l'une des planques qu'il avait désertée quelques heures avant l'arrivée des flics, on a trouvé au fond d'un placard une perruque et une fausse moustache. C'est bien la première fois qu'il laissait quelque chose derrière lui ! Il doit changer de look à tout bout de champ, et ça ne simplifie pas la tâche des limiers qui sont à ses trousses.

– Que diriez-vous de faire un saut à Marseille ? Lopez a peut-être du nouveau ?... À moins que vous ne lui téléphoniez ?

– Non, il ne veut pas qu'on lui téléphone s'il n'y a pas urgence. Quand il m'appelle, c'est d'une cabine. Il se méfie de tout le monde.

– Même des gens de son service ?

– Même des gens de son service. Il trouve que Dino Venturi a trop de chance, et que ça n'est pas normal, que ça cache quelque chose...

Il jeta un coup d'œil à sa montre :

– Bon, il faut que j'aille relire la morasse. Si je laisse passer une coquille, Moustiers est bien capable de m'étrangler !... Je prendrai le TGV de 8 h 27, demain matin. Ça vous va ?

– C'est parfait ! On se voit à votre retour ? J'ai compris qu'il valait mieux éviter le téléphone... Il est temps pour moi d'y aller aussi. À bientôt, monsieur Devillers.

Silverstein avait fixé à 18 heures le cocktail du vernissage, mais il souhaitait que Sébastien vînt, en début d'après-midi, donner son avis sur l'accrochage des toiles aux cimaises. Le matin même, Rapid Service était passé pour charger les œuvres du maître. Dix toiles entraient sans problème dans la fourgonnette, mais il avait fallu emballer et ficeler sur le toit *Crépuscule sur le Pont-Neuf* dont les dimensions excédaient la capacité du véhicule. Aux dernières nouvelles, tout était arrivé à bon port.

Sachant qu'il n'arriverait jamais à se garer rue du Faubourg-Saint-Honoré en pleine journée, Sébastien s'en fut prendre son métro à Saint-Paul. Après quelques brutales averses de saison, le temps s'était refait une santé et, sur Paris, le ciel ne promenait que quelques nuages d'altitude. Tout comme Bertin, Sébastien appréciait cette promenade tranquille par la rue du Parc-Royal, la rue Payenne et la rue Pavée…

Les noms de rues du Marais l'enchantaient. Rue des Minimes, rue des Blancs-Manteaux, rue du Plâtre, rue des Vertus, rue des Escouffes, rue Barbette, rue de Picardie, rue du Roi-de-Sicile, rue de la Perle – elles parlaient, ces rues, de métiers disparus, de familles, de contrées, d'artisanats… Tellement plus évocateurs et poétiques, ces jolis noms, que Gambetta ou Jaurès dont le moindre village de France et de Navarre a cru devoir honorer la mémoire, alors que les rues Ravel ou Verlaine se comptent sur les doigts d'une seule main… *Vanitas vanitatum, et omnia vanitas…*

Dans le square Caïn, on ravalait l'ancienne orangerie. Des baraquements provisoires occupaient les pelouses, ce qui ne semblait nullement gêner de bons vieux prenant le soleil sur les bancs de pierre, en tirant sur leur pipe.

Rue Pavée, et comme il était en avance, il choisit d'emprunter la pittoresque rue des Rosiers qu'arpentent gravement, à toute heure du jour, des Juifs tout de noir vêtus, le chapeau à larges bords planté bien droit sur la tête. Il y avait toujours quelque chose d'amusant à voir dans ce coin de quartier : les nouvelles cartes postales d'Israël du libraire, les spécialités savoureuses que Goldenberg proposait en vitrine, les affichettes en yiddish sur les devantures ; les étranges pâtés du charcutier cacher, l'étalage de fruits exotiques du petit épicier arabe… Ici on cohabitait depuis toujours sans l'ombre d'un problème.

Il traversa la rue de Rivoli et plongea dans les célèbres courants d'air de la station Saint-Paul. Sur le quai, en direction de La Défense, un colleur d'affiches changeait le décor mural. C'était merveille de voir avec quelle dextérité il encollait la paroi, dépliait sans les déchirer les huit mètres carrés d'un panneau invitant le public à se ruer sur on ne savait quoi encore, puis, avec une précision diabolique, raboutait un second panneau qui précisait enfin : aux Galeries Lafayette, naturellement.

Sébastien monta dans une rame à demi vide. Quinze minutes plus tard, il descendait à la

Concorde. Un autre enchantement, du genre noble, celui-là... On ne se lasse pas de Paris, même quand on y habite. Devant le Crillon, une Rolls se délestait d'un PDG ventripotent et un groom empressé courait aux valises. Il y avait du gros pourboire dans l'air.

Rue Boissy-d'Anglas, il s'attarda devant des mannequins hiératiques, sobrement habillés de petits costumes trois pièces dont le prix s'envolait vers la stratosphère et, à l'angle de la rue du Faubourg-Saint-Honoré, il s'abîma dans la contemplation des extraordinaires vitrines d'Hermès. Pour célébrer l'hiver, Leïla Menchari, l'artiste aux doigts de fée qui les concevait et les exécutait, s'était surpassée, à supposer que ce fût possible. La grande vitrine d'angle baignait dans un climat de toundra enneigée qui appelait de somptueuses et chaudes fourrures et des bagages à l'épreuve du blizzard, cependant qu'un loup, au fond, sortait d'un bois de bouleaux. Il fit, à pas lents, le tour du magasin où dix étalages se renvoyaient le thème en écho, pour s'apercevoir, malheureusement, que les aiguilles de sa montre tournaient... Passé le Bristol, il atteignit la galerie.

– Ah vous voilà, Sébastien ! J'allais m'inquiéter...

Silverstein ponctua son accueil d'une claque joviale sur les omoplates. Il semblait content.

– C'est très bon, Sébastien, c'est très bon ! J'aime tout particulièrement votre *Rue du chat qui pèche sous la pluie* et ce paysage de neige dans le square de Saint-Julien-le-Pauvre. Je propose de les mettre en valeur près de l'entrée. En pleine lumière. Mais j'aime tout, en fait. Vos toiles de Provence, très réussies également.

– L'abbaye de Sénanque et son champ de lavandes m'a donné du mal. Je ne l'avais qu'esquissée là-bas et j'ai dû la finir de mémoire.

– Ce n'est pas la meilleure, j'en conviens, mais elle partira comme les autres. Vous me direz où vous voulez qu'on l'accroche.

Les tableaux étaient alignés sur le sol, posés contre les murs, et les deux vendeurs de la galerie attendaient les instructions. Sébastien et Silverstein passèrent longuement en revue les œuvres à exposer. Deux options s'offraient à eux : ou bien regrouper chaque thème, le mur de droite pour Paris, le mur de gauche pour la Provence, par exemple, ou bien, au contraire, alterner les thèmes, jouer des contrastes. Silverstein penchait pour la seconde solution, Sébastien balançait entre les deux.

– On a le temps de faire un essai, proposa le marchand. Pierre, vous accrochez, sur ce mur, cette toile-ci, celle-là et celle-là encore. La plus grande au milieu.

Quand ce fut fait, tout le monde recula de trois pas pour juger de l'effet.

– Je crois que vous aviez raison, Jacob. L'opposition des lumières et des couleurs donne plus de force à chaque tableau.

– Je le pense aussi. Bon, puisque vous êtes d'accord, nous allons donner un plan à ces jeunes gens.

Il s'approcha d'une table basse, prit dans un tiroir une grande feuille de papier et y inscrivit côte à côte les noms des œuvres. Il gardait leurs dimensions en mémoire et ne commit qu'une seule erreur, vite rectifiée. Sébastien suggéra quelques permutations entre paysages d'hiver et paysages d'été, que Silverstein approuva.

– Ça vous va comme ça, Sébastien ? On peut y aller ?

Il remit le schéma à son premier vendeur :

– S'il y a un problème, vous m'appelez. Nous sommes dans mon bureau.

Il fit entrer Sébastien dans ce qu'il appelait son « refuge », ferma la porte et avança des sièges :

– Je pense souvent à la triste fin de votre oncle, mon ami. A-t-on du nouveau ?

– Pas encore vraiment. Mais je crois que Bertin avance, même s'il ne le dit pas.

– Savez-vous que la même chose vient d'arriver dans l'immeuble où j'habite, avenue Paul-Doumer ?… Ça s'est passé avant-hier. Mme Sérignac occupe l'appartement du troisième. Elle est la veuve du président-fondateur de la Compagnie des Antilles. Le sucre de canne, vous connaissez ? Une fortune… On l'a retrouvée égorgée, mon ami. Dans son lit… Inutile de vous dire que ses bijoux ont disparu, ainsi que des objets de collection d'une grande valeur et même une petite toile de Nicolas de Staël que je lui avais offerte pour son soixante-quinzième anniversaire. Dans ce cas précis, la police a eu plus de chance. Le crime a eu lieu à 2 heures du matin, d'après le légiste. Les deux salopards qui avaient fait le coup sont redescendus pas l'escalier pour ne pas alerter la concierge. Non seulement l'un d'eux a laissé des empreintes sur la rampe mais, en plus, ils sont tombés nez à nez sur la locataire du premier qui rentrait d'une soirée. Elle avait allumé la lumière du hall et elle a pu les observer parfaitement. Elle s'est bien doutée qu'ils venaient de faire un casse, ne serait-ce qu'à cause du grand sac de jute qu'un des deux portait à l'épaule, mais ils lui ont lancé un regard d'une telle méchanceté qu'elle a été terrorisée et n'a rien osé leur demander.

– Elle a bien fait ! Ils auraient été capables de la liquider ! Et peut-être aussi la concierge si elle était sortie de sa loge.

– Exactement ! Mais sitôt rentrée chez elle, elle a appelé la police et a fait, des voyous, une description détaillée. Eh bien ils ont été arrêtés tous les deux ce matin. Des récidivistes, bien entendu. Mais ce n'est pas cela, hélas, qui rendra la vie à Mme Sérignac !... J'ai immédiatement pensé à vous et à votre oncle... Oui, Pierre ?

Le premier vendeur glissait un œil par l'entrebâillement de la porte :

– On a un problème, monsieur. Avec le *Pont-Neuf*. Il est un peu trop grand, il touche presque le fond du mur.

– On va aller voir ça.

Les deux hommes se levèrent ensemble.

Vers 17 heures, tout était prêt. Lenôtre avait livré un buffet somptueux et des alcools de qualité.

À 17 h 30, les premiers invités commencèrent d'affluer. Parmi eux, Gabriel Vallogne, du *Figaro*, ainsi que Benoît Frisch dont les critiques faisaient autorité. Puis d'autres suivirent, des amis, des relations, de fidèles clients de la galerie… Silverstein et Sébastien serraient des mains, conduisaient les visiteurs vers les toiles, les commentaient au besoin, répondaient aux questions, proposaient un verre…

Une heure plus tard, une petite foule se pressait dans la galerie. On distinguait assez vite ceux qui étaient venus pour les toiles et ceux qui étaient là pour le buffet gratuit. Ces derniers s'y accrochaient avec ténacité, piochant à droite et à gauche de peur de manquer puis, pressés dans le dos par d'autres affamés qui tendaient le bras pour agripper un sandwich, ils quittaient la place et, la bouche pleine et le verre en main, ils allaient reluquer quelques toiles, les uns, avec des mimiques d'approbation qui justifiaient leur présence, les autres avec un regard bovin qui confessait la plus totale indifférence.

Masurel, de *Cimaises*, accrochait Sébastien par le bras et l'entraînait vers *Roussillon au soleil levant* :

– Dites-moi, très cher, d'où l'avez-vous croqué, le village ? Non, je vais vous le dire, je connais bien Roussillon : un peu avant le parking des ocres, sur le terre-plein.

– Tout à fait. J'avais une lumière exceptionnelle.

– Et c'est très réussi !... J'ai entendu, tout à l'heure, un imbécile grommeler : mais ça n'existe pas, des maisons aussi rouges que ça ! Eh si, ça existe. Et même des jaunes, des orangées, des écarlates... Vous n'avez pas forcé la note. Quelle dimension fait la toile ?

– Quatre-vingts figures... Bonjour, Fabien.

Fabien Robertet, de *Connaissance des arts*, venait de se joindre à eux :

– Je vous envoie mon photographe, demain, Sébastien. Il sera plus au calme pour travailler. Je vous ai réservé une double.

– C'est bien aimable à vous.

– J'avoue un faible pour les toiles de Paris. Nous les mettrons en valeur.

Silverstein papillonnait de l'un à l'autre, toujours agité, toujours volubile.

Un peu avant 20 heures, la foule des amateurs s'éclaircit sensiblement. En quittant la galerie, ils décernaient à l'artiste le compliment appuyé, l'encouragement vibrant...

Trente minutes plus tard, Sébastien se retira aussi. À 21 h 15, il était chez lui.

Une mauvaise nouvelle l'attendait. Il s'en aperçut tout de suite à la mine de Mireille :

– Quelque chose qui cloche, Mimi ?

– Papa a été hospitalisé.

– C'est grave ?

– On ne sait pas encore… Il est tombé dans la cuisine. Arlette, qui tient son ménage, était là, heureusement. Elle a appelé les pompiers et on l'a conduit à l'hôpital d'Apt. Il a repris connaissance mais les médecins ne se prononcent pas encore, ils hésitent entre deux hypothèses. Il faut que j'aille là-bas.

– Qui t'a prévenue ?

– Arlette, d'abord. L'hôpital, ensuite. Ils ne semblent pas inquiets mais j'ai l'impression qu'ils pataugent. Quel est le premier train, demain ?

– Le premier, je ne sais pas, mais je sais qu'il y en a un à 8 h 27. Ça pourrait aller, non ? Devillers le prend aussi. Tu aurais de la compagnie.

– Il voyage en première ?

– Sûrement ! Le journal peut lui payer ça.

– Tu n'as pas dîné ?

– Je n'ai plus faim. J'ai picoré dans le buffet, en alternant le salé et le sucré. Rien de tel pour vous couper l'appétit.

– Alors je vais aller faire ma valise.

Le docteur Bonpas, aujourd'hui à la retraite, habitait toujours Joucas, un petit village haut perché du Vaucluse. C'est chez lui, mes lecteurs s'en souviennent probablement, que Tiburce avait trouvé refuge après une fugue mémorable. Mireille, à l'époque, y vivait aussi et c'est elle qu'il venait retrouver.

En se remémorant cette jolie histoire, Sébastien regardait Tiburce avec attendrissement…

Le chat suivit Mireille dans la chambre pour la regarder préparer son départ. Qu'avait-il senti ou deviné ?…

X

Samedi, 13 heures

– Et si on allait casser une graine ? proposa Lopez. À deux pas d'ici, on sert une bouillabaisse tout à fait convenable et je crois que vous, les Parisiens, appréciez notre spécialité locale quand vous nous faites l'honneur d'une visite.

Devillers trouva l'idée judicieuse et les deux hommes prirent le chemin du Quai-du-Port.

Il faisait presque chaud, au soleil. Dans le Vieux-Port, les embarcations colorées des pêcheurs et des plaisanciers dansaient sur leurs amarres, mais le mistral, très léger, ne décoiffait pas. Les restaurants, le long du quai, installaient tables et parasols en terrasses, comme pour convaincre le client que l'hiver pliait bagage et que s'en revenait, à pas de loup, le temps des déjeuners-spectacles. Le ferry-boat, cher à Pagnol, décollait en douceur pour une croisière qui l'emmènerait en face, Quai-Neuf, avec ses huit passagers que le tour du Vieux-Port rebutait.

Des gens en tenue légère promenaient des chiens en liberté. À l'entrée du goulet, un beau trois-mâts barque entrait en rade sous brigantine et grand foc. Et le spectacle immobilisait les passants. Une belle journée de promesses, en somme, telle que les goûtent les Marseillais.

Dans son bureau surchauffé de la place des Augustins, Lopez avait pratiquement vidé son sac. Devillers avait ainsi appris que, la nuit d'avant, Lopez avait été à deux doigts de coincer Venturi dont il savait qu'il se planquait rue Saint-Gratien, au numéro 12. Le studio mansardé qu'il occupait depuis quelques jours se trouvait au dernier étage. Le caïd était passé par les toits et, comme d'habitude, il lui avait filé entre les pattes. Dans sa précipitation, cependant, il avait, une nouvelle fois, oublié des choses derrière lui : une paire de gants, des lunettes de soleil et un agenda dans le tiroir d'un bureau.

– Intéressant, l'agenda ? demandait Devillers.

– Même pas. Indécryptable. Les filles avec lesquelles il avait rendez-vous y figuraient sous leur prénom. Pour les jules, c'étaient deux initiales, probablement inversées. Avec ça, on ne va pas très loin.

– Je pourrai le voir, cet agenda ?

– Je vous le montrerai... Comment la trouvez-vous ?

– Parfaite ! Et ce petit Bandol l'escorte à merveille... Depuis, pas de nouvelles ?

– J’en aurai. Je sais qu’il a des problèmes. Son premier lieutenant s’est fait dessouder il y a huit jours, et c’est peut-être lui qu’on visait. Une rafale de mitraillette tirée d’une voiture et qui a presque coupé le bonhomme en deux. Trois jours plus tard, deux truands ont été retrouvés dans le caniveau, le corps tellement plombé qu’ils n’auraient pas flotté cinq minutes dans le Vieux-Port.

– Des types à lui ?

– Non, un autre gang. Je suspecte une embrouille, classique dans les affaires de drogue : un différend entre le fournisseur de la came et le client. Un désaccord sur le prix, ou sur la qualité, quelquefois les deux, un refus de paiement pour une raison ou pour une autre, et les arquebuses envoient la fumée… Il arrive aussi qu’il y ait du suif entre le grossiste et le réseau de dealers, et cela aussi se règle à la brutale… En général, nous ne voyons pas tellement d’inconvénients à ce que les voyous, en s’entretuant, nous mâchent la besogne et fassent un peu le ménage. Mais trois macchabées sur les bras sans explication, ça commençait à faire désordre. Le surlendemain une rafle musclée a ramassé quelques beaux spécimens de la faune locale et le patron a pu faire semblant d’être content.

– Des prises intéressantes ?

– Pensez-vous ! Du menu fretin, du gagne-petit…

– Vous ne trouvez pas curieux qu'on ne réussisse jamais à l'alpaguer, ce Venturi ?

– Oh si ! Et depuis longtemps !

– Vous suspectez quelqu'un ?

Le visage de Lopez se rembrunit :

– Je ne devrais pas le dire car je n'ai aucune preuve…

– Je suis un tombeau, vous savez.

– La dernière recrue de mon service. Il m'a été parachuté de Paris il y a six mois… C'est un jeunot qui a toutes les qualifications voulues, mais…

– Mais quoi ?

– Comment vous dire… Des bizarreries… Par exemple, il n'est jamais là où il est censé se trouver. Tenez cette nuit, il nous a rejoint quand tout était terminé… Mais je me fais peut-être des idées.

Leur repas terminé, les deux hommes gagnèrent le petit immeuble où Lopez avait ses bureaux.

Lopez lui tendit l'agenda trouvé chez Venturi et Devillers le feuilleta avec attention :

– C'est curieux, dit-il. Un nom en clair revient souvent…

– Hannibal ? Comme c'est évidemment un pseudo, ça ne mène nulle part.

– Tenez… Hannibal là encore, à la date d'hier. C'est plus qu'une coïncidence, non ?

– Ça m'a tiré l'œil à moi aussi.

– En tout cas il s'agit sûrement d'un type important. Quelqu'un au-dessus de lui ?

– Non, je ne le pense pas. Venturi travaille en solo. C'est son organisation, ses équipes, son réseau. Mais vous avez remarqué ? Ce ne sont pas des rendez-vous qu'il fixe à Hannibal. Quand il file rancard à quelqu'un, il entoure l'heure d'un petit cercle. Hannibal, lui, est inscrit en haut ou en bas d'une page, comme un rappel d'avoir à s'occuper de lui…

– … ou le contraire.

– Ou le contraire, vous avez raison. Cela ressemble à un pense-bête.

– Il me vient une idée. Et si l'inscription signifiait, quand elle est portée en haut de la page, qu'Hannibal a quelque chose à lui dire et, lorsqu'elle est en bas, que c'est lui, Venturi, qui a un message pour Hannibal ?…

– Mais vous êtes doué, mon ami ! Je n'y avais pas pensé. Notez que ça ne nous fait pas beaucoup avancer… Étiez-vous avec Winter quand il est venu nous voir, il y a dix jours, je ne me souviens plus…

– Non, j'étais à Genève, sur une autre piste.

– Quel type, ce Winter ! Tous les culots !… Il avait réussi, je ne sais comment, à entrer en contact avec Pascal Sifredi, le bras droit de Venturi, flingué il y a huit jours. Celui-là, on l'avait embastillé et cuisiné sans succès. Puis on l'avait relâché en espérant qu'un jour ou l'autre il nous conduirait à la prochaine planque du caïd, sans trop y croire, cependant, car les deux hommes étaient en froid pour une histoire de gonzesse que l'un avait piquée à l'autre... Il savait s'y prendre, Winter ! Et puis, pour soutirer des confidences, il disposait d'un atout que nous n'avons pas et auquel bien peu de gens résistent.

– Lequel ?

– L'argent, mon ami, l'argent ! Il était capable de sortir un gros paquet pour acheter le renseignement qu'il cherchait. Il est resté trois jours. En partant, il m'a dit : « J'avance, Lopez, j'avance ! Je crois même que j'en vois le bout ! » Je lui ai demandé de ne pas nous oublier dans ses prières.

– Et qu'a-t-il répondu ?

– « Ne vous inquiétez pas, vous serez le premier informé. » Je ne sais pas ce qu'il avait trouvé.

– Moi non plus. Il lui fallait des certitudes avant de se déboutonner. Toutes les semaines, on se retrouvait chez lui. Chacun amenait ses morceaux de puzzle et on essayait de les assembler. Ça n'était pas toujours facile. Les jours suivants, Winter mettait tout ça en musique, d'abord au brouillon, quelquefois, qu'il me soumettait. Il écrivait tout lui-même, d'une petite écriture serrée. Comme il ne tapait pas à la machine, il se méfiait d'une curiosité ou d'une indiscrétion de secrétaire.

– Qu'allez-vous faire, maintenant que Winter n'est plus là ?

– Continuer, bien sûr. On a déjà beaucoup de choses. Son neveu, en plus, a trouvé la rédaction de son enquête, pas tout, malheureusement. Sa dernière phrase est : « Demain je pars pour Marseille. »

– Où donc son neveu a-t-il découvert ce document ?

– Je vous ai dit : son neveu ? Je me suis trompé, c'est son chat qui l'a trouvé !

Lopez s'esclaffait :

– Je connaissais les chiens policiers. Mais les chats policiers…

– Eh bien c'en est un !… Dans sa chambre, pour répondre à votre question. Entre deux gros livres d'art.

Devillers avait fait le tour.

Il n'avait plus rien à faire à Marseille. Il prit congé de Lopez et sauta dans le TGV de 16 h 12.

De la gare de Lyon, il rentra directement chez lui et appela Sébastien pour lui communiquer ce qu'il avait appris. Il ajouta :

– Prenez sans tarder rendez-vous avec le commissaire Bertin. Il ne sait pas tout ça, ce qui l'empêche d'orienter son enquête sur la bonne piste.

XI

Ce même samedi, minuit

Cécile avait été libérée le matin même, sous contrôle judiciaire. Le juge l'avait fait reconduire chez elle par une voiture de la police. On la priait de ne pas quitter Paris et de rester à la disposition de la justice jusqu'à la fin de l'enquête.

Couchée depuis 22 heures, elle ne parvenait pas à dormir. Trop de drames, trop d'événements, trop d'interrogations sans réponse, trop d'angoisses, et voilà les petits vélos qui vous pédalent dans la tête…

Coup d'œil sur le cadran lumineux du réveil. Minuit, déjà, et ce sommeil qui ne vient pas… Se retourner vingt fois dans son lit ne le fera pas arriver plus vite. Autant se lever, bouger, lire…

Oui, lire…

En fin d'après-midi, elle avait sorti d'un tiroir un gros paquet de feuilles couvertes d'une écriture nerveuse et dont la page de garde annonçait : « Mon père, cet aventurier. » Elle se promettait de relire le manuscrit, un jour ou l'autre. Pourquoi pas maintenant ?

Elle ralluma la lampe de chevet, se leva et s'en fut prendre, sur le plateau de son secrétaire dos d'âne, un gros dossier cartonné. Elle revint se coucher, redressa ses oreillers et délaça la sangle.

Entre deux enquêtes, et depuis un an, Marcel avait entrepris de relater l'existence riche et mouvementée de Romuald Winter. Une vieille idée qui lui trottait depuis longtemps dans la tête et qu'il se décidait à mettre à exécution. Lorsqu'il avait bouclé quelques bonnes pages, il les faisait lire à Cécile, au fur et à mesure, pour recueillir son avis :

– Ça te plaît ?

– Oui, c'est très bon. Mais cerne davantage, si tu le peux, la personnalité de Romuald. Elle explique son parcours et le lien entre les deux n'est pas toujours évident.

– Entendu. Je vais reprendre depuis le début.

Le début renvoyait aux années vingt, et ce que Marcel en savait résultait des récits et des évocations de ses parents. Parfois même, le dimanche de préférence, on sortait les albums de photos :

– Là, tu vois, c'est notre mariage, à ta maman et à moi, en 1918. Je venais d'être démobilisé... Ici, notre voyage de noces, dans les Caraïbes...

Cécile n'avait jamais lu le manuscrit d'une traite, mais par petits bouts, par fragments, au fil de l'inspiration de Marcel, des fragments que sa mémoire reliait mal entre eux. L'envie lui prenait, tout à coup, à la faveur de cette insomnie, de retrouver Marcel à travers les souvenirs de son enfance, et cette famille qu'elle n'avait pas connue et ne connaîtrait jamais. Elle prit les dix premiers feuillets, posa le dossier à côté d'elle et commença sa lecture.

D'entrée de jeu, Marcel rappelait ce qu'on disait, en Amérique, des bébés nés en 1919 : « Ce sont les enfants de la guerre, et ce sont eux qui feront la prochaine. » On ne se trompait pas, et Romuald faisait partie du lot. Il ne conservait, de ses premières années, que des souvenirs vagues et brumeux : la grande maison victorienne de Wingmore Street, dans un quartier cossu et tranquille de Boston, une gouvernante qui s'appelait Aïda, ce qui n'est pas le prénom de tout le monde, le jardin, derrière la maison, qui paraissait une jungle impénétrable hantée d'invisibles dangers, la bouteille blanche que le laitier déposait tous les matins devant la porte… John Winter, son père, était issu d'une vieille famille de Boston, honorable et respectée. Il avait épousé, à son retour du front, une belle Italienne, Maria Ambrosini, fille unique d'un petit industriel de Catane qui, comme beaucoup d'autres, avait émigré aux États-Unis au début du siècle.

À la maison, on parlait trois langues : l'anglais, bien sûr, l'italien pour faire plaisir à maman, et le français car c'était la langue noble par excellence, celle des premiers colons. Le dimanche, on allait à la messe car John et Maria étaient catholiques pratiquants et, à la sortie de l'église, on achetait des petits gâteaux chez Kinsley, le meilleur pâtissier de la ville. On se recevait entre amis pour commenter le dernier match de baseball. Les femmes, elles, se retrouvaient plus volontiers à l'heure sacramentelle du thé. Au mois d'août, on émigrait dans la belle villa de Cap Cod, en bord de mer. Lors des grands rendez-vous de la démocratie, on votait républicain pour désigner les représentants, les sénateurs et le président, et, le soir, avant de se coucher, tout le monde faisait sa prière…

Marcel décrivait Boston, où il était allé une fois, non sans verve ni talent. Avec ses avenues bourgeoises bordées d'arbres et ses maisons patriciennes à deux étages, Boston passait pour la plus européenne des villes des États-Unis. Un charme un peu suranné l'enveloppait, comme pour protéger la cité de la démesure des gratte-ciel qui, ailleurs, commençaient de grignoter les nuages et, du même coup, un passé post-colonial encore frais que protégeaient, avant de devenir nostalgies, des traditions sécurisantes.

Entre un père, architecte de grand renom, une maman au foyer, deux frères turbulents et une sœur au cœur tendre, Romuald grandissait dans le respect de la loi, de l'Église et du drapeau.

En 1929, la grande crise économique mondiale frappe de plein fouet le pays. La surproduction industrielle et agricole entraîne une mévente générale, un alourdissement des stocks, une chute de la production et, par voie de conséquence, un effondrement du commerce extérieur et de drastiques compressions d'effectifs. Seize millions de chômeurs battent le pavé.

À Boston, le nombre des immeubles inachevés et en panne excède celui des constructions en cours. Sans commande et sans travail, John Winter décida donc de s'installer à New York où, en dépit de la conjoncture, on continuait de bâtir.

En 1938, la grande dépression était terminée. Romuald entra à l'université de Yale où il fit de solides et brillantes études. Ses diplômes en poche, il fut engagé par une société de promotion immobilière, à Brooklyn, et il s'y plut tout de suite.

Le 7 décembre 1941, le coup de tonnerre de Pearl Harbor fit sursauter d'indignation l'Amérique tout entière. Dans la semaine qui suivit, Romuald s'engagea pour la durée de la guerre. Les tests psychologiques auxquels il fut soumis révélèrent un sens de l'observation aigu, un sang-froid à toute épreuve et une aptitude évidente à simplifier les problèmes pour n'en retenir que l'essentiel. C'est pourquoi il fut affecté à l'OSS, la centrale de Renseignement, puis, à sa demande, détaché dans les SAS, ce « Spécial Air Service » formé pour les coups de main, l'infiltration en territoire ennemi et les opérations à haut risque. Pendant un an, il subit l'entraînement féroce des commandos parachutistes.

Le 25 octobre 1942, son unité s'embarqua à New Haven sur le *City of St Louis*, un vieux paquebot repeint en gris-bleu qui rejoignit un grand convoi transportant trente mille combattants et une masse énorme de matériel de guerre. Au milieu de l'Atlantique, il fit sa jonction avec un autre convoi parti, lui, de Liverpool avec, à bord, quarante-cinq mille soldats anglo-américains. Avec cinq cents transports de troupe et trois cent cinquante bâtiments de guerre, la plus formidable armada de tous les temps cinglait vers les côtes d'Afrique du Nord. Un peu avant de les atteindre, le convoi se scinda en deux. Le premier échelon piqua droit sur Casablanca, le second franchit le détroit de Gibraltar et se présenta, dans la nuit du 7 au 8 novembre, devant Oran et devant Alger.

Romuald et ses camarades débarquèrent à vingt kilomètres d'Alger, près du cap Matifou. Le haut commandement ignorait, ou préférait ignorer que, dans la nuit, trois cents volontaires résistants avaient neutralisé toutes les défenses de la ville et que les Alliés auraient pu, à 3 heures du matin, y entrer l'arme à la bretelle. Ce n'est que le lendemain, à 17 heures, que Romuald foula, avec son unité, le pavé du boulevard Michelet. Mais, entre-temps, les autorités de Vichy avaient repris la situation en main.

Les Américains allaient faire plus que s'en accommoder : ils en tireraient un parti indigne et indécent... Comme l'amiral Darlan, successeur désigné de Pétain, venu à Alger visiter son fils hospitalisé, avait été pris, par surprise, dans la nasse du débarquement, ils le nommèrent aussitôt Haut-Commissaire de France et Commandant en chef des forces françaises en Afrique. Le calcul était double : amener de Gaulle à rabattre de sa superbe et miser sur un transfuge de circonstance, plus souple et plus facile à manier qu'un allié de la première heure, surtout quand il revendique l'égalité de traitement.

Mais Hitler avait rapidement réagi. Les nazis établirent aussitôt une solide tête de pont en Tunisie, tenue par l'Africa Korps, cependant que les Alliés dépêchaient à la rencontre des Allemands la première armée britannique et trois divisions américaines. La campagne de Tunisie venait de commencer.

Marcel en décrivait, à travers les récits de son père, la rudesse et les pièges. L'hiver tunisien transformait les routes en bourbiers, l'opiniâtreté des unités d'élite allemandes faisait payer cher la conquête du moindre djebel, l'intendance suivait mal dans une nature hostile, les morsures du climat affaiblissaient les hommes…

Le 12 avril 1943, alors que son unité se trouvait embourbée devant Teboursouk, Romuald fut rappelé à Alger par le haut commandement.

On venait de s'aviser qu'il parlait un italien sans défaut, que sa mère, originaire de Catane, y avait encore de la famille et que son dossier comportait quelques appréciations encourageantes eu égard à l'opération qui s'élaborait dans le plus grand secret. Car il s'agissait de rien moins que de convaincre la mafia sicilienne de coopérer avec les Alliés pour faciliter un débarquement en Sicile programmé le 10 juillet 1943. Avec un sergent des transmissions et deux Italiens anti-facistes, Romuald fut isolé dans un centre de formation installé à Bou-Saada. Étude approfondie de la topographie de l'île, cours de perfectionnement de la langue italienne, mémorisation des structures, des méthodes et de la hiérarchie de Cosa Nostra, tout y passa pour faire, de la mission, un succès. L'enjeu était considérable. Les défenses allemandes et italiennes semblaient redoutables et le débarquement ne serait pas une partie de plaisir.

Le 10 juin 1943, Romuald et ses compagnons furent parachutés de nuit sur le plateau d'Enna. L'opération se déroula sans encombre.

Le premier soin de Romuald fut de prendre contact avec la famille de sa maman, à Catane.

Le patriarche du clan Ambrosini se souvenait très bien de la petite Maria, une bonne petite fille, obéissante et dévouée, toujours prête à rendre service. Il se réjouissait d'accueillir le premier libérateur de son île. Et puis, n'est-ce pas, en Sicile, la famille c'est sacré. En quoi pouvait-on être utile au fils de Maria ?

Romuald le lui expliqua. Arturo Ambrosini avait un lointain cousin qui avait mal tourné : Salvatore Berlutti, capo à Palerme. Il ne le fréquentait plus mais, pour la bonne cause et parce que la famille le lui demandait, il mettrait volontiers ses griefs sous son mouchoir. Berlutti accepta avec simplicité les mille dollars que lui remit Romuald et il l'accompagna jusqu'à Corléone, capitale mythique de Cosa Nostra, où il le présenta à un homme qui avait l'oreille du parrain.

Celui-ci fut plus difficile à convaincre. S'imaginait-il, cet innocent, qu'on révèle la cache du parrain au premier godelureau venu – fût-il tombé du ciel ? Il accepta, cependant, un acompte de deux mille dollars en contrepartie du message qu'il porterait lui-même, et seul, au parrain. Et Romuald attendit.

Trois jours plus tard, la rencontre tant espérée eut lieu. Elle se fit dans une propriété isolée et mieux protégée que la réserve d'or fédérale, une ferme de montagne luxueusement aménagée et entourée de quatre hectares de vergers. Dès le premier entretien, Romuald comprit que sa tâche serait moins ardue qu'il ne l'avait imaginé. En fait, le terrain était un peu préparé. À New York, Philadelphie et Chicago, les agents de la CIA avaient susurré la même chanson aux parrains, depuis longtemps identifiés, des « familles ». D'un bord à l'autre de l'Atlantique, le refrain ne variait pas : donnant, donnant, contre un coup de main, un coup d'éponge... Les bonnes relations entre mafieux avaient fait le reste.

À Corleone, Cosa Nostra savait à quoi s'en tenir. La brigade anti-mafia de la police italienne disposait d'assez d'informations pour lancer, quand elle le voudrait, un coup de filet fructueux. Mais le gouvernement avait pour l'instant d'autres priorités. De surcroît, le commandement allemand, qui faisait ici la loi, se désintéressait de la pieuvre. Il n'en attendait rien. Le racket généralisé des commerçants, des industriels et des exploitants agricoles ne gênait nullement ses affaires. Aux Siciliens de se débrouiller entre eux. Une seule consigne : pas d'agitation intempestive. En revanche, si les Alliés prenaient le contrôle de la péninsule et si la guerre s'achevait, le cours normal des choses reprendrait et l'on mettrait à l'ombre les mafieux de tout poil. À moins que... À moins que les Alliés, occupants temporaires mais omnipotents, s'y opposent en contrepartie d'une assistance hautement appréciée...

Romuald en fit une brillante démonstration.

Le 10 juillet 1943, une vaste opération amphibie jetait sur les côtes siciliennes plusieurs divisions motorisées et blindées. Elles foncèrent droit sur les défenses ennemies dont les emplacements précis avaient été repérés, communiqués à l'État-major des forces alliées et préalablement pilonnées par les canons de marine de la flotte d'invasion. La mafia avait bien travaillé. Les champs de mines avaient été balisés dans la nuit. Les commandants d'unités avaient tous, dans la poche, le tracé des itinéraires dégagés. À Gela et Agrigente, deux importants dépôts de munitions partaient mystérieusement en fumée... Et la Sicile fut libérée en trente-neuf jours seulement.

L'Amérique tint les promesses qu'elle avait faites à la mafia. L'Italie les ignora superbement. Comme le fit observer le chef de la police : « Je n'ai jamais rien demandé à Cosa Nostra, ni rien promis, pas plus que mon prédécesseur qui croupit dans un cachot de Regina Celi. » Dans le mois qui suivit le départ des Américains, treize mafiosi furent appréhendés, dont Salvatore Berlutti.

De son côté, mission accomplie, Romuald avait regagné son unité.

La suite, Cécile s'en souvenait. Il s'agissait des dernières pages que Marcel lui avait données à lire : le retour en Angleterre, le parachutage, dans la nuit du 5 au 6 juin 1944, sur le bocage normand, la folle opération aéroportée d'Arnheim, l'évasion grand-guignolesque, la balle perdue dans le poumon gauche, l'hôpital, la charmante infirmière qu'on épouserait en 1946… Romuald était resté en France et il y bâtissait un empire immobilier.

Dans les dernières pages, Marcel rapportait une conversation avec son père, un soir, au coin du feu : « … La mafia sicilienne m'en a voulu à mort. Elle me tenait pour responsable de la rafle qui l'avait décapitée. Mais je n'y étais pour rien ! Je n'avais pas la moindre autorité sur les Américains ou les Italiens !… Les Alliés avaient exigé qu'on laissât en paix le parrain, mais comment aurais-je pu savoir qu'ils se désintéresseraient des seconds couteaux ?… Bien des années plus tard, j'ai reçu un message du fils de Salvatore Berlutti. Très laconique. Juste une phrase : "Nous n'oublions jamais." Tu m'as demandé un jour pourquoi je dormais avec un revolver sous mon oreiller… Tu as la réponse. Aujourd'hui, mon revolver est dans un tiroir. Il ne s'est rien passé, et il ne se passera jamais rien. »

Cécile jeta un coup d'œil au réveil : 4 heures du matin…

Elle posa le manuscrit sur la moquette et sombra dans un sommeil de plomb.

XII

Dimanche, 10 heures

Comme Devillers le lui avait conseillé, Sébastien prit contact avec Bertin. Il avait son numéro de téléphone personnel et, à 10 heures, il l'appela à son domicile :

– J'ai du nouveau. Pouvons-nous nous voir très vite ? Comme ma femme est en province jusqu'à mardi, votre heure sera la mienne.

– Moi aussi je voulais vous voir. Je me proposais de vous appeler demain lundi.

– Demain, je suis pris toute la journée par des rendez-vous avec des critiques. Ça ne peut pas être aujourd'hui ?

Bertin réfléchissait à voix haute :

– Voyons voir… À midi, j'ai un déjeuner à Saint-Germain que je ne peux pas décommander. Dans l'après-midi, je fais un poker avec des amis et nous dînons ensuite, trop tard aussi pour leur faire faux-bond. Que diriez-vous de 22 heures, dans l'appartement de Winter ?

– Pour moi pas de problème. Je vous attendrai.

La journée parut longue à Sébastien. Il se fit un steak-salade qui ne demandait pas beaucoup d'imagination ni de savoir-faire, puis il descendit avec Tiburce pour s'offrir un tour digestif du pâté de maisons. Mais il pleuvotait et ils ne tardèrent pas à rentrer. De retour au logis, il téléphona à Joucas où Mireille séjournait. Le mieux du docteur Bonpas se confirmait. Fausse alerte, finalement. Il reviendrait chez lui dans la journée. Comme elle l'avait annoncé la veille, elle reprendrait son train mardi matin.

Pour tuer le temps, il pêcha, dans la bibliothèque, un livre au hasard. *Le Testament espagnol*, d'Arthur Koestler. Pourquoi pas ?

À 16 heures, la sonnerie du téléphone le tira de sa lecture. C'était Moustiers. Cela le surprit. Un dimanche ?... Lui aussi voulait le voir. Demain, ça n'était pas possible ? Bon, mardi matin, alors ?... Pouvait-il venir à *Notre Temps* ? 9 heures lui convenait ? Eh bien c'est d'accord. « Décidément, se dit Sébastien, tout le monde veut me voir, aujourd'hui. »

La journée passa en traînant les pieds.

Un peu avant 22 heures, il prit les clés du rez-de-chaussée et éteignit la lumière :

– Tu m'accompagnes, Tiburce ? On va chez Oncle Marcel.

Mais Tiburce l'avait déjà précédé dans l'escalier.

Une fois arrivé, Sébastien alluma toutes les lampes du bureau. C'est là qu'on serait le mieux.

À 22 heures précises, une clé tourna dans la serrure. Le commissaire Bertin était ponctuel, comme à l'accoutumée. Il avait l'air de bonne humeur, ce qui n'était pas toujours le cas. Sébastien l'invita à prendre un fauteuil face au bureau derrière lequel il avait lui-même pris place, et il lui tendit la chemise rouge :

– Voilà ce que j'ai découvert jeudi, grâce à Tiburce. Ce dossier se trouvait dans la chambre de mon oncle, coincé entre deux livres d'art. Jetez-y un coup d'œil, c'est édifiant. Pendant ce temps, je vous sers un verre et je m'en sers un aussi. Vodka, martini, gin, whisky ?

– Va pour un whisky.

– Il n'y a plus de glace, dans l'appartement. Je suis désolé.

– Ça ne fait rien, je le bois sec. Voyons un peu ce dossier…

Et il prit le premier feuillet.

Sébastien servit les boissons et reprit place derrière le bureau.

Au bout d'un long moment, Bertin leva la tête :

– Remarquable. Et remarquablement écrit.

– N'est-ce pas ?… J'ai cependant lieu de penser que les plus fraîches découvertes de mon oncle ne figurent pas dans ce texte mais sont ici, dans l'un des tiroirs de son bureau. Mais comme on y a mis les scellés, vous seul pouvez y avoir accès. C'est aussi pour cette raison que je voulais vous voir, et ici, justement.

– Voyons, cher ami, je connais mon métier. Vous pensez bien que l'une des premières choses que j'ai faites, dimanche dernier, a été de fouiller ce bureau. Quant aux scellés, dans une affaire criminelle non résolue, on en met partout où cela est nécessaire pour éviter que des indices éventuels disparaissent.

– Je vais vous laisser à votre lecture, mais, avant cela, je voulais vous dire que Devillers, à ma demande, est allé hier à Marseille pour rencontrer Lopez.

– Ça ne me regarde pas, cher ami. Moi j'enquête sur l'assassinat de Marcel Winter.

– Mais justement ! Nous pensons, Devillers et moi, que l'enquête que menait mon oncle sur le réseau de trafic de drogue dirigé par Venturi est directement liée à son assassinat. Pour vous dire les choses plus clairement, nous sommes convaincus que Venturi a tué ou fait tuer Oncle Marcel.

– Je la connais, cette enquête. Winter me demandait souvent mon avis sur un point de détail, une technique d'investigation. Par exemple, il croyait avoir identifié le dealer responsable des fourmis du dix-huitième arrondissement. Je lui avais conseillé de vérifier ses sources avant d'alerter la brigade des stupéfiants.

– Vous faisait-il lire ses synthèses ?

– Non, ça n'allait pas jusque-là. Je savais simplement dans quelles nouvelles directions il orientait ses recherches. Mais qu'est-ce qui vous fait penser que Venturi…

– Ce texte, évidemment, que vous avez entre les mains. Sa lecture m'a fait passer de l'intime conviction à une certitude.

– Et Lopez, qu'est-ce qu'il a trouvé, lui ?

– Un agenda oublié par Venturi alors qu'il était à deux doigts d'être pris. Dans cet agenda, un nom revient régulièrement : Hannibal. C'est un pseudo qui cache un personnage clé de cette affaire… En fait, les deux pièces manquantes du puzzle sont : qui est cet Hannibal, et qu'a découvert mon oncle quand il est allé à Marseille il y a une dizaine de jours ? Son texte s'arrête à la veille de son départ. À son retour, il a dû consigner ses trouvailles sous forme de brouillon, ce qu'il faisait toujours. Quand vous aurez fait sauter les scellés…

– Je vous ai dit que c'était inutile. Vous êtes buté. (Du plat de la main, il tapota la chemise rouge.) Il doit y avoir là-dedans tout ce qu'il vous faut, non ?

– Pas tout à fait. J'ai pourtant lu ce texte cinq ou six fois, je le connais presque par cœur. Et puis, encore une fois, qui est cet Hannibal ? Quand on le saura, l'affaire ne sera pas loin d'être bouclée et l'enquête que menait mon oncle aussi.

Un franc sourire éclaira le visage du commissaire Bertin :

– Ne cherchez plus, monsieur Chaprisot. Hannibal, c'est moi.

Un long et lourd silence s'installa.

Sébastien le fixait, avec, dans le regard, la plus totale incompréhension. Puis il éclata de rire :

– Et moi qui ai failli marcher !

– Je ne plaisantais pas, monsieur Chaprisot. Hannibal, c'est moi, en chair et en os.

Effaré, éberlué, Sébastien ne savait plus s'il devait rire ou pleurer... Mais oui, bien sûr ! Bertin lui faisait comprendre, un peu rudement, certes, qu'un amateur ne s'improvise pas détective sans courir le risque de se fourvoyer sur d'absurdes pistes...

– Ou bien, commissaire, vous jouez à me faire peur, ou bien, ce que je crois plutôt, vous voulez m'infliger une bonne leçon, que je ne mérite pas d'ailleurs.

– Ce n'est ni l'un, ni l'autre, monsieur Chaprisot. Après la disparition de Marcel Winter, je pouvais éviter de me démasquer, avec l'inéluctable conséquence qui en résulte pour vous. Mais avec l'aide de votre chat, vous avez découvert ce que vous auriez mieux fait d'ignorer. Je n'ai plus le choix... Et laissez ce téléphone tranquille, s'il vous plaît.

Tout en parlant, il avait, avec des gestes très lents, plongé la main sous sa veste et à présent il braquait un 7,65 sur Sébastien.

– Qu'est ce que vous allez faire ? dit Sébastien d'une voix blanche.

– Vous supprimer, bien sûr. Comme Marcel Winter. Il ne faut pas mettre le nez dans les affaires des autres, monsieur Chaprisot. Vous en savez trop. Beaucoup trop. Bien sûr vous n'avez pas les confidences du mouchard que Winter avait soudoyé à Marseille puisque, dimanche dernier, je les ai trouvées dans le tiroir de ce bureau et embarquées pendant que vous alliez, Mireille et vous, nous chercher à boire. Et vous aviez d'ailleurs raison : c'était un simple brouillon, mais tout y est... Il s'appelait Sifredi, cette balance. Pascal Sifredi. Le bras droit de Venturi, le seul, avec lui, à connaître mon existence et mon rôle. Ils s'étaient brouillés pour une sombre histoire de cul. En me dénonçant, Sifredi jetait Venturi hors de l'abri, sans protection, en rase campagne. Ça lui faisait tellement plaisir, cette idée-là, que Winter aurait pu se dispenser de lui allonger, en plus, un bon paquet de talbins...

Bertin se cala profondément dans son fauteuil et sourit :

– Vous ne trouvez pas que l'histoire se répète étrangement ?... Vous êtes là, assis comme lui derrière ce bureau, et je suis là, en face de vous, comme dimanche dernier. Et, entre nous, cette même enquête… Et, comme dimanche dernier, je vais sauver ma peau en sacrifiant celle de l'homme qui est devant moi…

– Vous oubliez que c'est Devillers qui continue l'enquête. Moi je ne suis rien.

– Devillers a pris connaissance de ce rapport à la va-vite, sur un coin de bureau. De quoi peut-il bien se souvenir ? Mais, vous, vous le connaissez presque par cœur, vous me l'avez dit tout à l'heure. Avec le secours de votre bonne mémoire, il faudrait peu de temps à Devillers, qui est un malin, pour découvrir les pistes qui conduisent tout droit à Hannibal, ces pistes qui ont amené Winter à se rendre à Marseille. Il avait fait et noté des rapprochements, observé des coïncidences, daté des disparitions soudaines de Venturi et nos propres rencontres… Moi aussi j'avais mes indics à Marseille…

Le visage de Bertin se crispa soudain sous le coup d'une colère subite :

– Qu'est-ce qui vous a pris de vous mêler de cette histoire ? Vous ne pouviez pas laisser Devillers se débrouiller tout seul ? La peinture ne vous suffisait plus ? Vous n'étiez pas bien entre votre gentille petite femme et votre chat ?… Croyez-vous que j'aurai plaisir à vous faire disparaître ? Je déteste cette idée-là mais, encore une fois, vous ne me laissez pas le choix !

– Si vous tirez, vous allez ameuter tout le quartier !

– Avec un silencieux ? Ça m'étonnerait. Et puis-je vous rappeler qu'il n'y a pas foule, dans l'immeuble ? Winter est mort, Mme Cordier ne dort qu'avec des somnifères depuis qu'elle a été libérée et votre femme est en province, vous me l'avez dit ce matin. C'est bien pour ça que je vous ai proposé une rencontre à 10 heures du soir. On va s'apercevoir mardi matin que vous avez disparu, pas avant.

– On me trouvera ici, et il y aura bien un passant qui aura repéré votre BMW.

– Oh non, on ne vous retrouvera pas ici ! Nous sommes au rez-de-chaussée, ma voiture est stationnée juste devant le portail, et la rue est vide, surtout un dimanche, à cette heure-ci. Il me faudra deux minutes, pas plus, pour vous porter jusqu'à mon coffre.

– Je vois que vous avez pensé à tout !

– C'est parce que je pense à tout que je suis toujours commissaire divisionnaire.

Sébastien reprenait des couleurs et un peu d'aplomb :

– Pourquoi avez-vous changé de camp ?

– Ah voilà enfin la bonne question ! Je pourrais vous répondre que ça ne vous regarde pas ou, que, compte tenu des événements qui se préparent, vous n'en avez plus rien à cirer. Mais comme dans cinq minutes vous ne serez plus en état de faire des confidences à qui que ce soit, je vais vous dire pourquoi j'ai changé de camp. D'ailleurs, ça me défoule... Avez-vous un vice, monsieur Chaprisot ?... Moi j'en ai un. Un très gros, un vice qui obsède, détruit, anéantit : le jeu. Poker, roulette, black-jack, courses hippiques, tout m'est bon. J'ai essayé de m'en guérir. Je me suis fait interdire de casino à Enghien et Deauville. Huit jours plus tard, j'allais jouer à Vichy, à La Baule ou au Touquet... Je gagnais quelquefois, je perdais souvent. Une nuit, j'ai joué plus et plus gros que d'habitude, convaincu que la chance, à force d'entêtement, me sourirait enfin. C'est ce que croient tous les joueurs. Quand j'ai quitté le casino, je n'avais plus rien. Ma voiture était vendue, mon appartement était hypothéqué, mon compte en banque vidé. Ça s'est passé il y aura un an bientôt. J'ai songé à me suicider. Et puis, huit jours après, le miracle... Je me rendais, avec deux de mes agents, dans un grand garage de banlieue dont nous savions que le patron maquillait les voitures volées. Nous avons arrêté le type et, avec lui, pour simple vérification d'identité, un homme qui se trouvait là par hasard. C'était Dino Venturi. Alors que toutes les polices le recherchaient, j'avais, par hasard, arrêté Venturi ! Les stups détenaient déjà assez de charges contre lui pour le mettre au placard un bon bout de temps, et il le savait. Mais lui savait que j'étais au bout du rouleau, et pour une raison toute bête : le casino où j'avais perdu jusqu'à ma chemise lui appartenait... Alors il m'a proposé un marché : je le relâchais et il épongeait mes dettes. Mieux même : il me renflouait. Qu'est-ce que vous auriez fait à ma place ?

– Certainement pas la même chose que vous.

– Vous n'en savez rien. Vous n'en savez absolument rien. Quand on a la corde autour du cou, on voit les choses très différemment. Moi j'ai accepté. Par la suite, il m'a recontacté. Si j'acceptais de le protéger, un homme à lui m'apporterait tous les mois une enveloppe bourrée de grands formats. Je pouvais jouer tout à ma guise. J'ai encore accepté. Quand on a fait un pas dans le mauvais chemin, comme disent les moralistes, l'autre suit... Et voilà pourquoi Dino Venturi n'a jamais été arrêté. Quand votre oncle a commencé son enquête sur les trafics de drogue, nous nous connaissions déjà, je l'avais conseillé sur d'autres affaires. Il m'a dit ses intentions. Je ne pouvais pas rêver mieux ! Je me trouvais aux premières loges ! Par lui, j'ai pu suivre pas à pas les progrès de l'enquête. Dès qu'il mettait un peu trop le nez dans mes affaires, Hannibal adressait à Venturi un message codé. Ou nous nous retrouvions en un lieu convenu, ce qui était rare car il n'aimait pas ça, ou j'expédiais une note d'information à la poste restante d'une petite ville, jamais la même, en utilisant l'une ou l'autre de ses nombreuses identités... Il y a huit jours, Winter m'a téléphoné. Je ne savais pas alors qu'il avait réussi à faire parler Pascal Sifredi et que le truand m'avait bel et bien balancé. Mais Winter connaissait parfaitement les tristes mœurs du milieu. Il savait qu'un voyou n'hésitera pas à raconter des carabistouilles pour brouiller des pistes ou simplement foutre le bousin. Il n'hésitera pas davantage à vendre un faux tuyau, palper le fric et disparaître. Or Winter se proposait de me poser des petites colles et me tendre quelques pièges vicelards pour s'assurer qu'on ne lui avait pas vendu du mou de veau pour du caviar. Et c'est bien ce qu'il a fait. On ne dénonce pas à la légère, et sans preuves concordantes, un commissaire divisionnaire et, à elle seule, la parole d'un malfrat n'aurait pas suffi. En fait la révélation de Pascal Sifredi était la touche finale, la confirmation, la cerise sur le gâteau. Les preuves que je protégeais Venturi, il les avait presque toutes et, pour qui sait lire entre les lignes, ce qui est le cas de Devillers, elles ne manquent pas dans ce beau dossier rouge que je vais emporter sous le bras tout à l'heure. Quand il m'a appelé chez moi, samedi matin, pour me prier de le rejoindre le lendemain après-midi, le son de sa voix m'a mis la puce à l'oreille. Et le ton, aussi, plutôt froid, distant... Par prudence, je suis donc venu armé. Bien m'en a pris. Vous connaissez la suite.

– Et, dit Sébastien, vous avez alors fait peser tous les soupçons sur Cécile, que vous saviez innocente, au risque de la faire condamner ! Le revolver que vous avez trouvé chez elle, c'était le vôtre probablement ?

– Non, monsieur Chaprisot. Je suis devenu, j'en conviens, un personnage fort peu recommandable, mais je ne suis pas encore tombé aussi bas. Ce revolver, c'est bien le sien. Mais il n'était pas nécessaire qu'elle avoue son cancer pour prouver le peu d'intérêt qu'elle portait à la fortune de Winter, il y avait plus simple et plus évident : l'analyse balistique démontrait que la balle que tire son Beretta n'est pas du même calibre que celle que nous avons extraite, après trépanation, du crâne de Winter, et j'étais bien placé pour le savoir…

– De toute façon, votre enquête bidon ne menait à rien puisque vous saviez la vérité. Pourquoi vous donner tant de mal ?

– Croyez-vous que le juge d'instruction se serait satisfait de me voir me tourner les pouces ? Il y a une obligation de résultat dans tous les métiers, et particulièrement dans le mien. Et la fausse piste de ce brave serrurier m'a bien rendu service. Merci de me l'avoir fournie… Mais peut-être pensez-vous que je tire quelque fierté d'avoir roulé tout le monde dans la farine si longtemps ? Non, monsieur Chaprisot, je me dégoûte. Mais je n'ai pas trouvé d'autre solution à mon problème et ce qui est fait est fait. Ma passion du jeu m'a fait basculer du mauvais côté, point final. Et maintenant, et à mon très grand regret, croyez-le bien, car je vous trouvais sympathique, je vais vous faire mes adieux.

Il leva son arme mais, au même instant, Tiburce, d'un bond prodigieux, la lui fit sauter des mains. Bertin poussa un juron et se baissa pour la ramasser. Sébastien fut le plus rapide. Il se saisit du revolver tombé à terre et le pointa sur Bertin :

– Ne bougez plus, Bertin ! J'ai le doigt qui me démange…

Puis, à reculons, il s'approcha du téléphone, décrocha et composa le 12 :

– Voulez-vous, s'il vous plaît, me mettre en liaison avec la préfecture de Police ? C'est urgent…

L'ex-commissaire divisionnaire Bertin fut condamné à la réclusion criminelle à perpétuité, assortie d'une peine de sûreté de vingt ans.

Le chat Tiburce, lui, eut droit à une triple ration de foie de volaille.

C'était bien le moins.

Postface

Bastien Chanteloup, serrurier de son état, sortit de l'hôpital de Mulhouse au début du mois suivant. La mémoire lui revenait peu à peu, mais le traumatisme crânien avait été sévère et les médecins réservaient leur pronostic. Cependant on pouvait espérer. La preuve, il venait de se souvenir qu'il travaillait jadis chez Bourgeois. Impossible, par contre, de se remémorer l'adresse et le numéro de téléphone. À la grande poste de Mulhouse, l'annuaire de Paris lui fournit l'une et l'autre. Il téléphona aussitôt à Jean Philippot pour l'informer de son accident et de son hospitalisation. Philippot lui ayant demandé des nouvelles du quatrième jeu de clés de Marcel Winter, Bastien Chanteloup remonta à la surface un autre souvenir naufragé : « Elles sont dans la poche de mon jean qui est pendu dans mon armoire, chez vous. Je ne comprends pas pourquoi l'atelier en a fait quatre alors que je n'en avais commandé que trois. Ils ont dû mal comprendre… ». Il finit par se souvenir aussi que dans une bousculade, en gare de Mulhouse, on lui avait volé son portefeuille. C'est en allant le signaler à la police qu'une Volvo l'avait renversé, rue Alfred-Hartmann, en grillant un feu rouge.

Suzy Maillard se consola assez rapidement de la disparition de son munificent ami. Parfois, cependant, un brin de nostalgie la visitait quand elle époussetait ses plus récents cadeaux, comme cette jolie petite danseuse, un bronze qu'elle avait placé sur le manteau de la cheminée, les vases Gallé qui l'encadraient, ou encore cette grande coupe en argent dont elle avait fait un « fourre-tout ». « Comme ça, tu vois, lui avait dit Marcel, je me sens, chez toi, un peu chez moi… »

Tony, qui venait chercher « dix sacs contre un renseignement », se cassa le nez sur une porte close quand il se présenta, lundi, au domicile de Marcel Winter. Il n'osa pas trop insister, de peur d'alerter le voisinage, et il se retira fort dépité. Le lendemain, il apprit par les journaux que la source juteuse de profits non déclarés était, hélas, définitivement tarie…

Pierre Moustiers reçut Sébastien mardi matin, dans son bureau de *Notre Temps*. Ce qu'il avait à lui dire se révélait des plus sympathique : il consacrait une demi-page au vernissage du peintre, galerie Silverstein. Mais il voulait tenir de lui quelles toiles, préférentiellement, il devait faire photographier pour illustrer la critique.

Wilfried Kaminsky tomba des nues quand le juge d'instruction lui demanda s'il s'était rendu, dimanche, chez Marcel Winter. Ce jour-là il était à Deauville, et plus de dix témoins pouvaient le prouver.

Jacques Devillers prit, comme prévu, la succession de Marcel Winter à la tête du Service des grandes enquêtes. « Le réseau Venturi » parut dans le numéro qui suivit l'arrestation du commissaire Bertin. L'enquête fit l'effet d'une bombe.

L'inspecteur Godiveau, attaché à la brigade des stupéfiants de Marseille, mit opportunément fin à une liaison torride qui l'intéressait bien davantage que les filatures ordonnées par Lopez. Et tout rentra dans l'ordre, lui le premier.

Cécile Cordier passa deux semaines décapantes à Los Angeles, chez son frère. Et cette évasion bien venue adoucit quelque peu son très réel chagrin.

Le 15 septembre 1955, le corps du fils de Salvatore Berlutti fut trouvé dans une rue de Palerme, non loin de chez lui. Un observateur perspicace aurait déduit, d'un examen du corps, qu'une balle de Colt .45 n'était pas étrangère à son décès. Il n'avait pas eu le temps, ou l'occasion, de venger son père. Nul ne chercha à savoir qui avait tiré. En Sicile, ce genre de question porte malheur.

Barnabé Moriceau acquit, à un prix raisonnable, la parcelle qui unifiait sa propriété. Elle lui permit d'améliorer sensiblement la productivité de l'exploitation et aussi d'éviter, tous les jours, un détour de quatre kilomètres par de mauvais chemins. Tous les ans, à la date anniversaire de la mort de Marcel Winter, il va déposer une gerbe de fleurs sur sa tombe.

Quant à Dino Venturi, il fut arrêté dans une villa de bord de mer, près de Cassis, où l'un de ses hommes l'abritait. Cette fois-ci, personne ne l'avait prévenu que Lopez le filait depuis quatre jours.

Cet ouvrage a été imprimé par la
SOCIÉTÉ NOUVELLE FIRMIN-DIDOT
Mesnil-sur-l'Estrée
pour le compte des Éditions du Rocher
en mars 2002

Éditions du Rocher
28, rue Comte-Félix-Gastaldi
Monaco

Imprimé en France
Dépôt légal : mars 2002
CNE Section commerce et industrie Monaco : 19023
N° d'impression : 58784